ADHERE
TO THE
SELF LIFE

在疲惫的世间任性地活

德鲁伊

/著

DE LU YI
WORKS

文汇出版社

图书在版编目（CIP）数据

在疲惫的世间任性地活 / 德鲁伊著 . -- 上海：文汇
出版社，2016.11
　　ISBN 978-7-5496-1874-3

　　Ⅰ. ①在… Ⅱ. ①德… Ⅲ. ①散文集－中国－当代
Ⅳ. ① I267

中国版本图书馆 CIP 数据核字（2016）第 229492 号

在疲惫的世间任性地活

出 版 人 / 桂国强
作　　者 / 德鲁伊
责任编辑 / 乐渭琦
封面装帧 / 粉粉猫
出版发行 / 文汇出版社
　　　　　　上海市威海路 755 号
　　　　　　（邮政编码 200041）
经　　销 / 全国新华书店
印刷装订 / 三河市金泰源印务有限公司
版　　次 / 2016 年 11 月第 1 版
印　　次 / 2019 年 1 月第 2 次印刷
开　　本 / 889×1194　1/32
字　　数 / 178 千字
印　　张 / 8

ISBN 978-7-5496-1874-3
定　价：36.80 元

目录

第一章
静下来，听听内心的声音

你微笑的脸庞、温和的眼光、佯装的幸福试图过所有人，却始终骗不了自己的心。

第二章
你接受了阳光，就应该接受影子

人生匆匆几十年，没有什么一定要做的事，尊重你此刻的想法，尊重你内心的执念，那随之而来的便是美好。

第五章
人生就是自我认识的过程

你跟谁都谈不上亲密，因为你离开自己已经很久了。孤独是属于真正存在的你，快乐也同样。当你决定离开自己，你看似脱离了孤独，但却失去了快乐的可能。偶遇自己，还是邂逅自己，还是永远为了忘记孤独而忘记自己？久违的自己，面对自己也就是面对初心。

第一章

静下来，听听内心的声音

你微笑的脸庞、
温和的眼光、
伪装的幸福试图骗过所有人，
却始终骗不了自己的心。

我曾经在这里深醉过，不是为了爱

你永远不必怀疑是否爱过谁，谁是否爱过你，你所有的标准和记忆，零碎得在你思索的时候越来越不清晰。

村上春树因着听了甲壳虫的一首《挪威的森林》，就洋洋洒洒写了一部小说。披头士用他们的歌声感动了村上春树，然后村上春树用他的文字感动了世界。

虽然小说跟那首歌没什么关系，但"挪威森林"的名字倒是四处传扬，被使用得零零碎碎，林林总总。甚而包括我原先很喜欢的一个酒吧，也同样叫"挪威森林"，累计在那里深醉数次，都不知是因人、因酒、因这个酒吧的名字。

其实披头士唱了许久，无非是说明心里的疑惑，"我曾拥有过一个女孩，抑或说她曾拥有我"（I once had a girl. Or should I say she once had me）。村上春树把这个理解得甚是透彻，他骨子里的旁观与悲伤，用一个爱情故事把他包裹起来。剥去水晶般的糖纸，吸吮甜蜜蜜的味道，最后不可想象地收获的是无尽的悲伤。村上在扔笔的一刹那，完成了自我的救赎和重建。爱情不是万能的，但爱却万能到可以阐释人生的悲伤与孤独。这样的村上，跳脱了出来，审视目光里的那点光亮，在美梦幻灭的时候依然熠熠闪光。

20世纪80年代的日本，浮华且自以为是，世界似乎是他们的。村上能有那样的悲伤与幻灭感，真是如智者独醒，至于谁是谁，我是谁的问题倒显得无足轻重。说到底谁也不是谁，我也不是我，爱纯粹的时候，两个人是一个人，可是时间是最大的戏谑者，于是自己被自己幻灭，仅仅是时间流逝了一点点的刹那。

曾经有人问爱："你爱我吗？"被所有的男女轮番质问他人和自己。"爱现在这一刻的你，如爱现在这一刻的我！""不爱，不爱这一刻的你，如不爱这一刻的我。"简洁明快，淡定质朴，也最为真实和残酷吧！

顺流而下轻松，逆流而上吃力。小说里所有的人都不轻松，无所事事与坚守追求都一样被时间把爱阐述得似是而非，没有任何人收获自己想象的爱，却又为爱执著地起伏不定。

记得在那个挪威森林的酒吧，小小的二楼，靠窗的位置，室外毛白杨高大到不可与之言语，栀子花却爬上二楼的窗棂，花园里卵石小径，很得体的冬青总是像刚刚修剪过似的。秋天的时候，落叶被刻意地留在园子里，面前曾经坐着的人已经恍惚了，他？她？还是他和她？有千里外来的同学，也有迷惘着自己的朋友，还好，不曾独处……

音乐永远是那几首披头士，CD 放出磁带的老旧感，恍若过去来客，服务生永远吱吱呀呀地踩楼梯，大步当当地走过桌边，让人诧异地只好转头去看檐上的雨。

永远记不得喝了什么、说了什么、跟谁喝、为什么喝，像极了我们的爱，永远只记得爱过，不记得为什么爱、爱了什么、跟谁爱。村上第一人称的渡边，在最后的游历里神游而漫无目的的时候，其实也无非是在苦苦追索曾经是否爱过。恍惚了记忆就恍惚了自己，越是追索细枝末节，越是怀疑自己的过去。佛讲得证，证的是当下，该不是曾经，得证曾经反而成了不该的执著。

因为爱了，所以我成为现在的我，不是曾经的我拥有你，或是你曾经拥有我。是因为我们爱过，所以我成了现在的我，你成了现在的你。你永远不必怀疑是否爱过谁，谁是否爱过你，你所有的标准和记忆，零碎得在你思索的时候越来越不清晰。

这个歌叫《挪威的森林》，披头士唱的，在那个遥远的值得怀念的 20 世纪六七十年代。

这本书叫《挪威的森林》，村上春树写的，写的是一个无所事事、随波逐流的人，记忆里的爱，纯纯的记忆里的爱。

这个酒吧叫挪威森林，我曾经在这里深醉过，不是为了爱，是为了能够成为今天的自己。

你有没有想过，真正的活着是安静的

你的人生需要的是问题，而不是答案。问题就是答案，就
像安静才可以行动一样。

最喜欢坐在临街的茶舍里，竹帘半掩，窗外有蔷薇的枝丫，人
流匆匆，在蔷薇的花枝里出出进进。铸铁壶煮着山里来的水，咕咕
嘟嘟的。茶香的缭绕似雾气弥散，突然就安静下来。

行人的匆匆永远是一个目标向着另一个目标奔忙，因为奔忙就
面无表情，无限憔悴。而瞬间的安静，无了思想，也就没了什么需
要马上做，马上后悔。

像极了我每天的例行事务：打坐。

打坐时，不得不安静，自我的主动拘囿。忽然发现，安静的自我，
反而充满无数的可能，身体、大脑、心的反应。你不再为这些反应
找寻理由，不再抗拒，只能全然地接受，只是安静而明亮地存在着，
光明的正向的力量无处不在。光明而清澈，和煦而不灼热，洞见而

清晰。原来安静的自己才是自己。

　　没有谁是安静的，因为你本就认为这个世界跑得太快。你恐惧被抛弃，于是你运用你所有的动力去攫取，你能忍受你得不到，但不能忍受安静地等待。你拿着自己的千面变换，去对应这个世界的无常随意。你知道游戏人生就是戏谑自己，但也只能靠着不停地占有，去安慰自己内心无穷的失去。不是因为得到，你才失去什么，而是因为你的奔跑，失去了自己。你从一个目标奔向另一个目标，从一个结果奔向另一个结果，没有问题，只有自己的答案。越行动越躁动，你的借口简单而唯一：有朝一日不再躁动的你，就是不存在的你。安静的心，就是死亡吗？

　　安静不是永远的一以贯之吧！无常即有常，因为变化而无常，因为变化才知有常。我们总以为我们活着，或者为了证明自己活着，就去制造各类的思想、方向和变化，并乐此不疲。但你是否想过，真正的活着是安静的、当下的、彻底的？安静不是一种死亡，而是一种过程。这样的安静是安静，不是停滞自己，也不是急于改变自己。

　　安静也不是恐惧改变吧！真正值得你恐惧的，该是总想着行动，而不是安静的自己。改变不会导致无法祥和、没有安全感，当下安静的你才可以选择，不是行动中的你选择什么，而是安静的你选择你的心。我们总会以为安静是一种死亡，于是你总是强迫自己行动、选择、追逐、逃避。未来本不值得恐惧，因为你不能确认你将遇到的下一刻会如何。但因为你的行动，因为你的选择，因为你的追逐，因为你的逃避，你便恐惧安静。存在不是一种标记，而是一个过程，静心于中，再解脱出来。

安静的心，该是永远学会不要把未知变成已知。你却总是幻想自己的未来，永远不能安静地存在于当下。不仅要学会看到真中之假，而且要安静地看到假中之真。只有这样，未来才会到来，而不是那个未知成为头脑里的已知。**开放的、敏感的内心，一定是安静的、止息的，安静才是一种活着的证据。**

安静也是喜悦的吧！倒不是追求什么笑看风云变幻，而是风云变幻里的你，还是你自己。最难的人生，是回想过去，不是没有悔意，而是可以庆幸自己还是自己吧。即如，我们总是问什么是美的，忘了美就是美，我们总是追求占有什么或是结果是什么，忘了当初只是因为爱。

安静是充满智慧的吧！很多人有很多没有时间的理由，但有浪费时间的理由；很多人有很多无法坚持的理由，但有坚持荒废自我的理由。安静的自己，才能安静地面对自己，才能安静地面对这个世界。安静的自己，才明白自己离未来多远，离周遭的一切多近。才明白，过去的已然过去。

安静的你才明白，你的人生不是充满答案，而是充满问题。当你自以为靠着行动，才可以有答案的时候，就像只有拥有才说明你活着那样匪夷所思。你的人生需要的是问题，而不是答案。问题就是答案，就像安静才可以行动一样。安静让你明白自己的存在，于是就不畏惧被谁抛弃，或是厌恶自己。不恐惧被谁抛弃，你才能拥有你以为拥有的东西。

安静而充满创造力。生命的证据，不是你不停地运动，如果只是机械地运动，那跟机器有什么区别？**生命的证据，是你可以选择安静地做自己。安静地做自己，才充满无限的可能，于是你也就充满创造力。**

世界从来不美丽，但你可以让自己美丽

> 这个社会没有让你认同欲望，它只是制造了些欲望，只是你趋之若鹜而已。

小时候，想改变世界；长大了，立志改变国家；再成熟些，想着改变家庭或是团队；最后将死时才明白，能做到的，只是改变自己。

这算是流行了几年的话。这是多么痛的领悟啊，直接而充满故事。想想那些鸿篇巨制，歌剧戏剧，史诗般的巨作，其实想来莫不如此安排情节。就是从古至今的故事，最痛彻心扉的悲剧，让人皆大欢喜的喜剧，其实也无非是这个节奏和安排，都是按照这句话的节奏编写，改变世界到改变团队，以及到最后发现需要改变自己，再最后就是努力改变自己。

其实人生最后要明白的，不是你如何改变，而是你如何不被改变。

我被谁改变了？谁又成为了我？你扮演了谁？还是你设计了自己？从什么时候开始，夜深人静时你害怕面对自己？

这个城市，这个时代，黑夜是欲望的遮羞布，灯红酒绿是消解寂寞最好的利器。但身至独自面对自己，夜总是让人有点恐惧。你可以面临任何的人世沧桑，却不敢静下来面对自己。你有无穷多的理由去做一些事情，却没有任何一个理由说你不选择这个不属于自己的人生。这个社会没有让你认同欲望，它只是制造了些欲望，只是你趋之若鹜而已。

是什么让你恐惧，是什么让你离你自己越来越远？

因为你学会了表演？世界没有原本应该是什么样子一说，或许只有你经历拥有和失去后，才明白你原本应该是什么样子。可惜你的经历，纯属是一种尝试的时候，你离自己不是近了，而是远了。你的欲望不是攫取，而是怕被抛弃。没有谁愿意扮演谁的角色，但是却会因为恐惧，宁可把自己演成一个既定的角色。差评与我无关，只跟角色设定有关，好评那一定是我演得出色。最好，前边有谁演过，我可以依葫芦画瓢，演起来得心应手，悲喜都与我无关。戏如人生，人生如戏。

因为你学会了追逐？世界从来不美丽，但你自己觉得，可以让自己美丽。因为那么多的目标，那么多的成功，那么多可以量化的车子、票子、房子。你总是告诉自己，什么样的人生属于你，是你应该的，虽然比照得有模有样，你却从来不想，一定要把那个鲜活的自己装进那个华丽丽的铠甲吗？一定要拿最庄严的词汇给自己贴上标签吗？

某个东西你不拥有，就不能验证你自己的存在；某个信息你不知道，就说明你已经被时代抛弃；没有心灵鸡汤或是鸡血，你就无法面对这个世界。

于是，你人生有了目标。你告诉自己，不是有追求才有目标，而是有目标才有追求。你不知道你要过什么样的生活，但你要过那个值得你羡慕的人的生活。这个世界最无聊，只给你简单的目标，来掩饰它最大的恶意。这个社会要么让你自鸣得意，要么让你作践自己，只是为了让这个世界完整地控制你，你选择了背离自己。

不缺信息的时代，更不缺乏信仰。我们把别人的成功当作自己的信仰。把别人的成功当成自己的信仰时，他人的财富和他人的生活也成了我们觊觎的全部。

你总是那么善于比较别人的生活和你的不同。于是你那么热衷于开始学会复制别人的生活，捕猎别人拥有的东西。人生一扇扇的门，一个个的路口，你不做选择的时候，自然有那些你渴望扮演的角色帮你选择。你不独自直立着，自然会想依靠着谁去过活。你的信仰竟然是让你选择远离自己，那信仰还有什么用？

你怕被整个世界抛弃，于是把自己幻化成一种承诺、一个担当、一个责任。不想辜负过去，不想恐惧未来，最舒适的方法是离开你自己。其实，你人生最怕的，该是自己。不是孤独让你成为别人，与某些人相拥取暖，而是你总拿着需要扮演别人才能更好地活下去这个理由，教会自己离开自己。世界不会抛弃任何人，但你打着怕被世界抛弃的理由，选择了抛弃自己。

你终于学会了逃避。欲望要逃避，世界要逃离。因为你背对你自己，再圣洁的咒语，再神圣的净土，承载的也无非是一个怯懦的你。清心寡欲，眼耳清净，皈依一切可皈依的，离苦未必得乐。最不济，让欲望代替选择，让自己在欲望里学会巧妙布施，任凭其燃烧自己消耗欲望，那么等欲望完结的时候是不是就能做回了自己？

这个世界制造欲望，但不制造理由。但因为你离自己越来越远，所以你可以说，现在肆意妄为的自己不是自己，真实的自己正在远方摇曳多姿，圣洁优雅。

其实你的人生选择角色扮演也好，选择害怕自己也好，选择寻找理由也好，恐惧被抛弃也好，怨怼世界也好……你选择太多的"被改变"，于是你离自己越来越远。不要问为什么离自己越来越远，因为你自己愿意。把自己交给世界，让自己被改变，总比让你承认世界很公平，对你从来不会含情脉脉好得多。选择离开自己，选择被社会的欲望刀砍斧凿自己，虽然这个结果不好，但起码你还能笑着面对，哪怕背地里默默流泪，慨叹自己远离了自己。

还好，你知道你离自己越来越远，内心悲愤，外表无奈；还好，你知道你离自己越来越远，外表淡然，内心躁乱。

"流觞"偏偏是一个茶舍。

竹间有径，鹅卵石起起伏伏。池里沉着瓮，一些莲花开着。廊里竹帘都挑起来了，梅已漫枝绿浓，躯干虬展，偶尔有几枝探进廊里。一幅线描的弥勒，雅士高卧，俗人箕踞。

茶到该换的时候，朋友问："这十年，你最大的庆幸是什么？"

"我还是我。"

这世界任谁都在追逐快乐，哪怕是虚假快乐

很多人很烦，很多事很烦，很多人自己很累却也让别人很累。道本无形，大道无言。言语讨论快乐与否，一定是不快乐了。

这世界任谁都在追逐快乐，哪怕是虚假的快乐。

快乐不是责任，但是带给别人快乐是种责任。所以，快乐也分职业和业余。我们很多人都是职业地带给别人快乐，偶尔调剂给自己一点点快乐。

一直很努力地追逐快乐，于是，很多时候分不清是职业还是业余。现代人为了所谓的自我，过刚而折，甚至泯灭自我。而那职业的快乐，因为失了自我，不也已经泯灭了吗？

很多人很烦，很多事很烦，很多人自己很累却也让别人很累。道本无形，大道无言。言语讨论快乐与否，一定是不快乐了。于是，自我警觉起来，为什么不快乐？"万物负阴而抱阳，冲气以为和"，"和"是蛮可爱的一个字，有口吃的就算"和"，也是一笑。冲气以为和，

激荡才可以和，交融才可以和，渐变才可以和……所以，快乐喜悦不是因为你烦你累就消散了，反而应该是"和则生"吧。这样的冲突和激荡，来自跟周遭的联系。没有这样的联系会快乐吗？还是学会与自我和睦相处，就能开始快乐？

我一直很职业地快乐着，不是阳光般快乐，是淡静的快乐，感受别人的些微，渴望带给别人些微。因着职业的快乐，这个"职业"的词汇有些冷酷，很多的时候，自己看来骨子里很冷，如冬深的阳光，明媚却有点隔阂。

昨天朋友问我：是不是近期心情不好？近期文章里的忧伤，总充斥与弥散着一些灰色的气息。我笑着说：现在已经不了，不那么忧伤了。你问原因？因为理由不存在了。你问是什么理由？很简单啊，能不能职业与不职业的生活。你问什么？我告诉你，我想通了一点，那就是"当你曾经一遍遍告诫自己的，一些必须坚守的理由，突然不用再告诫自己或是不用找那么多理由坚守的时候，轰然倒塌的时候，自己反而快乐起来了"。

隐晦而艰涩，清明而澄澈。

有个故事：恋人登山，无限风光在险峰。女友突然滑落，男友紧紧抓住。万丈深渊，生死一线，僵持与坚守，抓紧的手充血的紫肿或失血的苍白。时间消磨的是生命，滴滴答答；万籁俱寂，呼吸急促，云白风清，树木花草的气息，世界突然美好得让人窒息；对视，凝望，默契，心灵相通。女：因为我爱你，你松手；男：因为我爱你，我不会松手。

瞬间的永恒。生死先放一边。

问题一，女的因为爱而要求失去自己的生命？

问题二，男的因为爱而决定共同面对死亡？

问题三，女的放手，男的会因为爱而悲伤，那她放什么手？

问题四，男的放手，因为知道这是女的爱的最高表现，他如何面对未来？

问题五，都不放手，自然界看惯了的生老病死，瞬间的爱，永恒的死亡。

问题六，同时放手，心灵的相通，这才是永恒？

问题七七八八……

其实由上还可以衍生出许多问题，不是迷局，类似禅问。

但想来，最问心无愧也最可悲的结局是，我们拼死坚持，但最后我们坚持不住了，无奈地松手了，无尽的悲哀，无尽的自责。于是，这一刻，我们被问题问住了，被现在的境况束缚了。面对生死一刻的问题是如此问，面对世间的很多事情都可以这样问，问得多了，不单单是徒生伤感，内心纠结。而是真正明白，**爱与被爱，永恒与瞬间，有时候是一样的。**这样的命题，每一天反反复复地出现，于是忧伤漫溢，但松手的刹那，或是决定的刹那，该是悲伤里的喜悦。

当下不管你是被拉住手的那一位，或是那位拉住别人手的人，努力去坚持住，坚守住，拼尽你全身的气力，每一个意念与细胞都为之努力……在你所爱的人需要的时候，在需要你伸出手的那一刻，坚定地伸出手，坚定地握紧。

然后，在真正需要你放手的时候，学会放手。那一刻的悲伤因为你的放手，不是变得更深、更厚了？你会发现，喜悦开始慢慢滋生，**这才是最本来的快乐。**快乐在喜悦里能够忘记悲伤，这与职业业余无关，跟你爱不爱有关，跟你明白坚守和放下有关。

老去的不是你，是你扮演过的角色

老去的不是你，是你那些扮演过的角色。青春是一场戏，最终已然忘了谁是演员、谁是角色。

这是一个自拍的年代！

或许是因为孤独，或许是因为每次的合影总是你自己最美，于是再没人给你拍。你总是将自己的美丽炫耀得众人皆知。自拍的照片再配以一些小心情的文字，俨然已与餐桌拍照微博族，相映成趣，不分高下了。

城市总是越来越拥挤，于是朋友越来越少；通讯越来越便利，于是沟通越来越少；微信是个神器，语言不用互动，倾诉可以不管不顾；贴吧是个魔域，晒的人和评点的人自顾自，这些现象多么符合自拍的特征，所以这是个属于自拍的年代。

这是一个怕别人说你矫情，又不得不矫情地证明自己存在的时代。影像是记录的时候，算是自己的年鉴；影像是诉说的时候，算是自己的表白；影像是扮演的时候，角色总是那么千面。化妆是有技巧、流程的，前些日子才知道，这个自拍也是有教程的。角度、姿态、对焦、选景、五官造型，等等。我说怎么自拍都是流行款式，原先以为是设备和手长短的问题，不得不屈服的款式，现在才知道这个是个标准流程，款式很讲究是否流行的。

科技是让你轻松的，却是注定让你孤独的。 热衷于寻找陌生的搭讪，是对周遭的绝望还是对外面的好奇？忙与盲互相裹挟，累与空差不了多少。于是，忙和累，无非是说你很白瞎和空虚。能忍住饥肠辘辘，唾液四溢地去急着拍餐盘和发微博；自然有时间，摆出绝非自然且逆天的款式自拍种种。

镜子无处不在的时候，妆容千变万化的时候，镜子败给了手机。本来我就是扮演角色呢，镜子你也太实在地告诉我这就是我自己，不如让手机帮着评判角色。拍好了炫耀存档，拍不好我再重新来过，进入角色都不用酝酿感情，入戏一流。你已然怯于面对镜子里的自己，更别说看着对方的眼睛说话。倒是，对着手机镜头，千娇百媚、千奇百怪，萌不过自拍、屌不过自拍，自拍无敌。天下武功，唯快不破，现在也就自拍不可破吧。

因为款式在，于是模仿在；因为角色在，于是表演在；炫耀需要欣赏，表演需要夸张；彻底忘记周遭的自拍，大气地横扫千军，没有地点、时间的限制，只有必须的理由。急急地上传，还一定必须、肯定、必要地配上些小文字，最好清新而忧郁，快乐都要扮出清新的调子和骨子里的小忧伤。

满满地存档，择机炫耀魅力，择机酒旗招摇。诱惑是因为扮演的角色，欲望是因为陌生的造访，孤独是炫耀，寂寞是昭彰。忧郁是骨子里的，于是扮演出来的都是放在冰箱里一年的冰激凌，怎么都不对味，还磕碜磕碜的。

剩余的，就是自我的捡拾。每一张里都是自我。但你保证你自己一定认识这些角色，还是他们压根就不是你？到底他们的存在，只是你试图模仿别人的瞬间，还是靠着这些理解你自己真实的身份？在自拍的瞬间，那个镜头里的是真实的你，还是那个扭捏的角色是你？每一个角色是谁？你是为了扮演而忘了自己，还是扮演到了真实的自己？

等等，还有一些有意思的事情。为什么你的自拍总是在那些没有阳光的地方？为什么风景美好的地方，你知道需要写真去美丽自己？当你匆匆太匆匆地，跟着世界的人流来来往往的时候，是什么让你停下来选择了自拍？那一瞬间的你，一定气定神闲，与世隔绝。想来，冥想静心最为不难，难的是对那些不懂得自拍的人，自拍的人那一瞬间的忘我和抛弃周遭，不正是冥想静心的境界吗？偶尔，总给人念叨选择生活而不是被生活选择，但选择本身没有错误可言，选择之后如何做才是重点吧。

于是常想，人生从懂些事情开始，就自己给自己挖着惨绝人寰的万人坑。坑底白骨累累，都是你曾经扮演的角色。夜深人静，万籁俱寂，坑底白骨有的熙熙攘攘，有的声泪俱下，有的得意洋洋，有的话痨自语，有的侧耳倾听，有的沉默不语。也或许，对立的角色打得不可开交、不分胜负。

　　甚或许，真的你也躺在万人坑里咒怨狸猫换太子的你。老去的不是你，是你那些扮演过的角色。青春是一场戏，最终已然忘了谁是演员、谁是角色。

有一种快乐，叫忘了计较

有一种爱情，爱得很深却必须放手……

他："对不起，我偷了你的心，我的心也被你拿走了！"

她："没什么，你没有偷走我的心，我的心还在。你偷走了我爱的时间，我只怕未来我没有时间去爱了……"

有一种爱叫暗恋，她暗恋他……

她想："我想把我自己全给他，只求他对我笑一笑，摸摸我的头。他说他喜欢长发的女孩，我就是啊。"

他想："我知道她喜欢我，但我没有勇气去偷走她的一切，偷走她的时间……"

有一种爱叫婚姻，他们结婚了……

他："你是我最爱的人，我决定让你偷走我一辈子的时间……"

她："你是我最爱的人，我决定偷走你一辈子的时间，我也拿我一辈子的时间还你……"

有一种快乐，叫忘了计较……

"妈妈，为什么快乐的日子总这么短，假期结束了。"

"不是快乐的日子这么短，是快乐偷走了你的时间，你忘了计较。"

他是个滑稽演员，每天带给别人快乐，自己却得了抑郁症。

他抽着烟："我活该，我让每一个人快乐，偷了别人那么多快乐的时间，而我总是想尽一切花招让别人哈哈大笑，为了偷得更多。偷了怕是要还的，于是我的快乐没有了。"

有一种贫困，叫一无所有……

他成功得让人眼红，他得意张狂。

他："我的成功有目共睹，我的资产花不完，我的香车美女享乐生活让他们羡慕。"

岁月看着他，怜悯地笑："你被所谓的成功偷走了一切的时间，你穷得连褓褓里的婴儿都不如。"

孩子是天使，天使长大了……

"妈妈，你老了，我长大了，我会给你快乐、幸福的生活，你付出的太多了。"

"儿子，我没有付出什么，你只是偷去了我的青春时光，但是我心甘情愿。"

他们结婚了，他们老了……

墓碑前。

她："你这么就走了。你在的时候多好，我们都是偷对方时间的人，我偷你的快乐，你偷我的快乐，总是计较，也总是公平。但是你走了，我无法再给你偷你的快乐，快乐沉甸甸的，让我忧伤。"

他在天堂里……

"我因为时间被偷得一无所有，所以我可以轻盈地来到天堂……"

孤独是与生俱来的宿命

满世界懂你和不懂你的人，应对着分分秒秒都在变换角色的你。当被懂得成为一种奢望的时候，爱不爱就算不上命题。

秋天是个衡量的季节，老话来讲，要么贴秋膘，要么泄暑热，主要跟春夏的体重、精气神有关。

朋友总是把我当作个静心冥想的好去处，有点波动的时候，习惯性地招呼我。因着我的懒散，很多朋友的联系都属于"被联系"。你就看吧，什么时候一个很久不联络的朋友联络你，要么是心情波动了，要么就是有高兴的大事了，借钱还钱的倒不多。

敏锐在这个时代基本被定义为敏感，于是我这个理工科脑袋偶尔就被别人定义为入错行的。钝感被装饰成麻木的时候，只有拿着更多的可以计算得失收益的事情充实自己。于是，偶尔来个朋友，在我这儿做些心灵倾倒的行为，自己倒是有点小小的兴奋和期待。

朋友形容自己是一个飘在空中的、线已然断了的风筝。生活很好，工作很忙，但觉得离自己好远。我们知道孤独是与生俱来的宿命，无论再多的事情也是需要自己面对的。他觉得幸福这个东西是存在的，但说自己幸福的人多少是有点虚伪的。在他看来，懂得比爱重要，但真正懂得自己的人实在是少之又少。而他追求的懂得，也许是另外一种虚妄……

"放飞自己，御风而行。"年轻时，这是每个人的梦想吧，抑或是每个人释放自己、成就自己的一种赌注。赌不来未来，也要赌在当下。只是不太明白，那个拿着线的自己和空中的自己究竟是怎样的一种关系。譬如常听人说的，我觉得我离自己越来越远，那么前边这个"我"和后边的"我"又是什么关系呢？是那个拿着线的自己更稳妥，还是那个放飞的自己更理想？

生命总是会自己寻找出路。如果抱着唯有死亡的瞬间才懂得自己的想法，那么，人生这个旅程未免有点艰辛和凄苦。人生最伟大的事情一定不是死亡，而是你还活着。但如果你缺乏对自己生命起码的尊重和敬畏，那就只好在浑浑噩噩中来来去去。

你拿无穷的理由和事物去充实自己，然后自以为可以不孤独。但奔来忙去，反倒在看似充实的状态里倍感空虚，甚而有点厌倦这样忙碌的自己。你是因为孤独才觉得艰辛，还是因为，没有理由不面对你的人生而感到恐惧？看着自己，永远是，一半迷恋一半恐惧，一半美丽一半丑陋，一半是自己一半是被迫的自己。

你给自己寻找选择的理由，但永远披着"被迫"的外衣。让你承认你有选择的权利，比让你承认你自己独立活着还难。你有权选择孤独，也有权选择幸福。但你既不敢幸福也不敢孤独，更不敢选择，你需要"被孤独""被选择""被幸福"。

一个懂得撷取幸福的人，是不会虚伪地面对人生和自己的。

人生最大的欺骗也不是别人给的，而是自己不停地欺骗自己。

懂得谁都很容易，心灵鸡汤、信仰经书、励志利器，俯拾皆是，抬眼满目。前几天在左岸读书讨论心灵鸡汤，"心灵鸡汤到底要不要、好不好？你不知道是母鸡熬的还是公鸡熬的，也不知道鸡是怎么长的，也不知道熬制的过程和作料，这个鸡汤不喝也罢。但你有意识地去开放自己的视角，去从只言片语或是有点绝对化的语言里了解得更多，心灵鸡汤永远是鸡汤，裨益很大。"其实再多说几句，心灵鸡汤是对你自身经历的提炼和警示，那是好东西；但如果仅仅是为了逃避，给自己寻一些名言警句，那不是蜜糖，必是砒霜。

推而广之，那个你渴望懂得你的人，你没事倾倒自己思绪的人，你希望倾听者给你找些理由让你安慰自己，还是，让他真实地告诉你，你所有的理由不存在，你本来的问题，需要你真实地面对自己？

"放下"还是"拿起"，是心灵鸡汤中最多的成分；"当下"和"舍得"，是心灵鸡汤最多见的招牌；"得失"与"快乐"，是心灵鸡汤最常用的容器。可惜的是，你不懂有时候拿起是放下，放下是拿起，比如爱和恨；你不懂当下不是无视过去、将来，而是建筑未来的过去和未来的当下，比如坚守的现在；你不懂笑看得失，不是想得得不到、想付出却不敢付出的理由，是你付出你应该付出的，耐心、喜悦、安然地等待结局，比如承认世界的公平，而不是寻找付出和收获的即时。

你要求那个懂你的人，懂你未来应该成为的自己，还是现在的正在进行的自己，还是那个在两者之间跳跃变换的自己？有时你自己都厌恶自己，却还要求对面的那个人闪转腾挪、随时招呼、随时感应变幻莫测的你，我想，他要么累得像条狗，要么厌恶你厌恶得可以。

被懂得是这个世界的奢侈品，比爱还稀缺。倒不是资源有限、价格高昂，只不过因为你自己不懂得自己，因为你自己厌恶那个随时变换姿态、随时寻找理由的自己，于是也就找不到随时懂你的人。

对自己慈悲，对大众慈悲，爱是不是更高级些？拔苦与乐，最难的不是行动，是看到苦，是能给予乐。这放大了说是慈悲，放小了说，就是爱。爱没那么复杂，也很轻盈。只是在你思考付出和收获，拥有和占有的时候，很沉重也很虚假。

满世界懂你和不懂你的人，应对着分分秒秒都在变换角色的你。当被懂得成为一种奢望的时候，爱不爱就算不上命题。对自己担当比担当责任苦难得多，于是你既不追求懂得也不幻想爱或被爱。

我们谁都不是放风筝的，也不是那被放的风筝。然而意欲懂得自己懂得他人，倾听也很重要。

这个秋天，秋老虎依然在嚣张，但从秋的絮语里懂得，是时候静下来，听听内心的声音了。

不是世界逼着你孤独，
而是你心甘情愿地孤独

如果一定把生活当作一场战斗，那你注定孤独。你在社会中扮演的不是Unfriend别人，就是被别人Unfriend。

有朋友问：签名里的"Unfriend"是什么意思？

每年《新牛津美语大辞典》都会总结年度词汇，新增的或是用得较多的关键词汇。Unfriend，就是在官方博客上公布的新的年度词汇。网络潮语"unfriend"爆冷当选《新牛津美语大辞典》年度词语。据牛津出版社的解释，这个词应用于 Facebook 等社交网络，意思是"将某人从好友列表里删除"。

于是，有点感触，原来朋友是可以用来删除的，这是现代社会的一大发明吧。通讯越发达，人们的心离得越远。对着电脑，朋友也数字化与符号化，好恶在一线之间，建立与删除都只需鼠标轻点，连回收站的过渡都不需要。删了可以新增，也可以在第一时间后悔。久了不联络，一句问候的话"你还好吗，我想你"，万事大吉，皆大欢喜。电脑成了你的大脑，朋友成了电脑里的存储。**不是社会逼着你孤独，而是你心甘情愿地孤独。**

　　或许我老派些，偶尔也是"感时花溅泪"，与这个网络化的社会显得格格不入，接受不了那些便捷快速的建立与删除，总讲因果生死，但因果生死互相印证，该是生生不息与互相交融吧，这样的建立好友与删除，该是一个心障。佛魔共生，怕只怕自己也要入魔道了。

　　不是感恩与否、珍惜与否的问题，只是符号你如何珍惜，数字你又如何珍惜？"践诺者友"，通讯不发达的时候，一次朋友之约，早早订下，不可更改，也无从更改。古今践诺的故事一箩筐，都有些迂腐与死板。倒是如今，最后一刻你也有太多的方式告诉别人，我不能赴约，不能践诺，因着不用当面致歉，也就底气十足，花言巧语，理由众多，天经地义。不践诺的或者受者，都无大碍，心情平静。倒是别人气喘吁吁赶来，晚个几分钟，争吵与道歉夹杂，反而有些尴尬。于是，回到删除好友这个问题上，也是无碍，无诺无友，想来也是理所应当吧！

　　Unfriend，可以删除的，不是朋友。朋友也不是"好友列表"可以整理、可以删除、可以昵称、可以头像、可以心情、可以级别的，于是自己也偶尔看着这些好友列表感觉头脑空白，不知所措。知人观其友，我是被那些可以删除的朋友印证着吗？是不是该在请求与删除上，沉吟一下？

　　Unfriend，见到这个词的时候，我微笑了一下，然后有些沮丧蔓延出来，呆望了一会儿，整理了我的好友列表，我不能践诺的我删除，我期待践诺的我删除，那些我删除的还想践诺的我重新建立，我发现，原来朋友很少，也是一种悲哀。

Unfriend，不是 Defriend，因为这个更简单也更轻松，近期意兴阑珊，跟身体有关，跟心情有关，跟孤独无关。**如果一定把生活当作一场战斗，那你注定孤独。**你在社会扮演的不是 Unfriend 别人，就是被别人 Unfriend。我期待那些看着我的符号，Unfriend 我的人，而不是让我在他们的好友列表的一角静静守候。

青春，在本该安静下来的时候走掉了

这个青春，成了闹剧后的空寥，嘻哈后的无语。当KTV都唱不尽你的忧伤，酒精都点燃不了你的斗志的时候，最后一班车上的广告必然是"再见青春"。

春天已然过去。

没有次第花开的喧闹，绿安静地接管其他颜色。花香已经持续了一个季节，阳光，让空气热烈起来，热情得让你呼吸时有点困难、有点抗拒。再没有深呼吸的欲望，那些或甜香或淡然或浓烈或隐约的空气，荡然无存。

剩下的花儿，为夏日开了，不灿烂，却鲜艳婉约。偶尔一些花，香得可以，却被太阳蒸腾得温热的气味，暮色里倒是给人惊艳的嗅觉，夏天还是来了。春末夏出，不是初，是那种潜伏着的悄悄占领，匍匐而坚定，让人毫不怀疑夏天能够战胜春天。

五月因着百年前的喧嚣，成了青春的月份。火热与鲜红，潮来潮往，任世事变迁，同样高举着一面旗帜。不管举旗的是谁，举起来的都是像模像样。当旗手是正义化身的时候，旗就有点滑稽，不知道代表什么或是被代表什么。

青春来得悄然有序，走得倒是浑浑噩噩、稀稀拉拉。怀疑这个世界，但不怀疑那个心目中最帅最美的男孩或女孩的时候，青春就嚣张得可以了。可是何时是青春离去了？没有开始青春就老去，这个世道的青春怕是被各类添加剂催熟了。梦想与幻想，欲望与奢望，生存与快乐，成为命题，费着你可怜的神经和消磨着你的时光，这个青春有点难挨。

少年何曾老成，青春该是与众不同，但做到极致其实又是另外一种相同。青春不缺伙伴，如今孤独却是比微博更人人必备。攀比与模仿，来自自我的无聊，这个青春有点让人挠头。青春本来是给失败和躁动的折腾准备的，现如今倒是给了所谓的成功与收获准备。青春本来是个非标准定制产品，现在的流水线却快捷而残忍，复制着些看起来一个模样的青春。测评检验很容易，但是面目很可憎，爱情都如充气仿真女人，背后隐藏的不是变态就是孤独的自卑、压力。

青春该是"春风得意马蹄疾，一日看遍长安花"，享受别人的注目，行进自己的恣意，忽略沿途的琐细，目不暇接地向前。来不及的记忆，来不及的回望，来不及的悲伤，来不及的考量。伤疤成为标志，失败成为年轮，在挫折里发芽，鄙视自怨自艾。"一觉不知梦如何，平明马急复争春。"这样的青春是不是才是真正的青春？

爱情不是青春，只是青春的配乐。孤独是泪水的借口，失恋是独自前行的结果。爱与否，成为验证是否青春的时候，让老去的人情何以堪？青春本是本菜谱，食材自备，做得好不好吃，怨不得菜谱，但你非要去肯德基点套餐，肥胖的结果和蜕化的味觉，又怪得了谁？

青春本是坎坷最好的借口，现在却成了错误最大的替罪羊。不是社会多么冷酷，是我们对待青春开始清点记忆。青春的时候就开始清点人生的经历，你的梦想又如何达成？青春懂得欲望，不懂得分辨幻想和奢望，于是才有灿烂的挥霍。在你开始计较舍得的时候，灿烂永远不属于青春。

青春是个自修班，现在倒成了个速成班。成熟的人都计算不来五年的未来，现在的青春倒要知道十年后的自己，被动或主动。"永远"这个词是给墓碑说的，"十年"这个词是给树木说的，"青春"倒应该是青春最好的借口。

当你在角落里舔舐你的伤口，在人前隐藏你的疤痕，厌恶地看着那些鲜血缓缓渗出，只有无尽的悲伤和恐惧，而不是血性点燃狂野。这个青春，成了闹剧后的空寥，嬉哈后的无语。当 KTV 都唱不尽你的忧伤，酒精都点燃不了你的斗志的时候，最后一班车上的广告必然是"再见青春"。

一直在想，青春是什么，似乎什么也不是，什么都是。像极了，火山喷发后的熔岩河。而不是成熟后，那如水的流动：和平地共处，鱼米之乡，两岸风光无限，和谐静谧，其乐融融。那样的场景是成熟的标志，跟青春无关吧。

而青春应该是：我本身就是风景，也只有我是风景，沿途的风光也好，阻挡也好，我熔融自己，然后熔融它们，我包裹它们，气化它们，燃烧它们，我火热艳艳，成为只有我才能制造的风景。要么你躲开我，要么被我制作成我的记忆。我不能停留，不能回望。虽然我渴望清点曾经的路，看看属于我的风景和杰作，但停留意味着冷却，意味着僵硬，意味着死亡。不管曾经是如何的，哪怕冷却下来的风景怪异或是冷酷，但也可能是时间最美的曲线、最好的风景。只要我还在流动，我就是火热鲜红，充满能量，我也只能继续流动，继续前行。

青春的成功是青春自己，不是成功学的勾当；青春是喧闹和躁动，不是安静的悲伤；青春是我还有什么可能，不是还有什么不可能；青春是看看还可以挥霍什么，而不是挥霍了什么；青春是还可以以何种方式绽放，不是我曾经的绽放已然消耗完我的青春。青春是"人生我来了"，不是"人生我老了"；青春是脱口秀的幽默自嘲嘲他，不是捧眼的"呵，嗯，啊"。

夏天总是要来，跟几场风雨后的清凉没有什么大关系。春茶的入口，总是跟夏天的到来一前一后。火热的五月，不是因为炎热，是因为曾经的那个青年的如潮声势，也跟曾经的春天还是那么清晰地在感觉里有关。

青春安静下来，就像夏初的季节，火热成为感觉与记忆，安静倒成了主画面的时候，春天走远了。这个安静或许是因为驻留回望，或许是因为清点得失，或许是磨刀小憩，或许是判别方向，或许是疗伤止痛，或许是心灰意懒，或许是认同命运。安静扼杀青春，青春也就被成熟替代。

　　春天的花儿不讨好春天，夏天的一切被阳光统治。青春，青春，在你可以安静下来的时候走掉了。

不远离自己，不畏惧自己，
不去寻找那些莫名其妙的理由

你那么怕跟别人不一样，于是站在一群人的里面；却又更怕真的独立，站在一群人的对面。在哪一边，你都是卧底。

因着工作的关系，很多 80 后在周边叨扰，慨叹自己时运不济。

"小学、中学、大学都没有赶上好时候……"

"毕业就是职场游击战，只有敌意和工作，没有培训，没有时间成长……"

"房子、车子、票子，赚钱这个事情比钱重要……"

"教育孩子，赡养父母，交往，生活，不是建立什么关系和联系，永远是纯粹的金钱游戏……"

"我没有爱好了，我没有自己的时间，我被周边绑架了，世界不简单，我不能太简单了吧……"

"我是公主心，丫鬟命；我是小资范儿，却做着苦力事；少知道
一个事情一个信息一个东西，我都被人说 out，没了网络我能死，哪
有时间读书啊……"

"我买这个买那个，去哪儿旅游，我最兴奋的是晒网上，比起去
都让我高兴，我就是喜欢这样……"

"爱情？情人？婚姻？我告诉你，是一回事也不是一回事，这个
你们不懂……"

"再不疯狂我们就老了？你说这是挥霍不是疯狂？有区别吗？90
后很厉害的，我要跑起来吧。"

"我？我既不特立独行，我也不随大流，我既不说我的观点，又
不承认你的是对的，咋？没理想，没自我？跟我有关系吗？"

"你说我没有朋友？老把同事当朋友或者敌人？没法子啊，老板
无良啊……"

"这个世界太复杂了，防闺蜜、防领导、防同事、防下属，媳
妇老公也要防，我要跑得比他或她快才可以，睚眦必报，一定要提

防……"

"信仰？我没信仰，你有？我不要，我知道我不自信或是太自信，但我要么信自己，要么谁都不信包括自己……"

"我的梦想被这个世界杀死了，我还没有青春就老了，我们只有青春期，没有青春。"

"我现在的梦想？我的梦想就是什么都达到了，我不用那么奔命地奔跑，不恐惧被谁落下了，没有梦想了，就是我的梦想。"

……

这些埋怨里包藏了太多时运不济的慨叹。从小能得到充分的竞争和接受更多特长的学习，拥有更多的物质，可以有更多的尝试。及至工作后，可以拥有更多选择和努力后的收获。可以明白自己是孤独的，一直有明确的目标，很明白地知道谁都拥有不了谁。对朋友、感情、婚姻拥有独立的认识。抱有应有的担当和承诺，也一直努力想比社会快一步，永远追求不被抛下。总是能有更多的选择、面对更多的信息，生活里有更多的休闲方式和出去走走的经历。生活里满满的日程表，总是永远不犹豫的选择。只是懂得去更多地做，而不明白应该学会如何去说和思考……这是最好的青春，又如何成了最差的青春？是因为这是最好的时代，也是最差的时代？

或许，仅仅是很独立很独立的自己，拿着被世界裹挟的理由，做了一回别人而不是自己？然后寻找尽可能多的理由，安慰自己？总是拿着逃离和逃避自己的架势，却做出一副被这个社会绑架、被捕获的凄苦样？

这个世界的恐惧跟物质无关，跟欲望有关，怕失去，畏惧被抛弃。世界的不安，与动荡无染，跟恐惧有关。你恐惧成不了社会需要的自己，更恐惧自己成为别人，把自己变得面目全非，易容换装，恐惧让你跳跃在别人和自己之间。恐惧自我，让你学会按照某个人的节奏，这个世界的要求，刻意模板自己。

你恐惧别人怎么说你、恐惧周遭的人让你如何做，恐惧于社会怎么说你、恐惧社会怎么让你做。于是，面对这个社会，自己踟蹰却步，别人看来还可以，硬生生地想通；因为恐惧自己，怕自我的存在，让自己没有借口必须选择，这点如何解释得通呢？于是你选择不选择，或是寻找被谁代替选择，这样的人生是没有青春的。人生的幸福纯粹来自比较周边，那你的幸福与你无关，只跟这个世界有关。

这个世界最大的恶意，是要求你成为某一类角色，而不是独立的你；这个世界最大的善意，是不会对你另眼看待，不刻意对待你或赏赐你。你那么怕跟别人不一样，于是站在一群人的里面；却又更怕真的独立，站在一群人的对面。在哪一边，你都是卧底。表面顺遂，内心挣扎，在每一边都展示你最大的忠诚，奴隶、家奴般的嘴脸。却随时随地，分分秒秒，想着对面，关注着另外一个可能的自己。及至有机会神游对面，或是暗暗潜伏回去，那倾诉都是比控诉更情真意切、含泪带血。

如果这个人生是你必须如此经历的，不要拿着社会做借口，似乎是这个社会让你成不了自己。如果这个人生给你选择了，只需要抛弃恐惧，选择你可以选择的就可以。恐惧没有使你行动，而是犹豫和逃避，那就是一种对自我的放弃；不安没有让你努力，那安全感就是你成为谁都不会如期莅临。

孤独让你恐惧，独立让你恐惧，选择让你恐惧，承认自我的存在让你恐惧。唯一可能的救命稻草，竟然是选择放弃自己，做一个别人认可的你。其实也没什么大不了，哀莫大于心死是雅士之志，大不了我们学会痴呆自己，彻底忘记自己。偏偏，你不死心，些微的理想还想在自我的废墟里闪耀。

其实追随谁或成为谁，被你所谓的社会欲望裹挟，是你在这个社会最轻松的选择。容忍社会对你的选择，其实是优化后的量化标准，标签清晰，目标明朗。不成功也是社会的责任，与你无关。真的做了自己，需要自己界定自己，要求你自己选择你的生活、你的人生，那个坎坷你未必能承受。让你承认你是世界的一部分，你的世界就是你选择的，让你决定属于你的世界需要你自己选择，那只会让你无穷地惶恐和无力，这样只会逼疯你。

没有借口和理由的才是人生，这句话不是"活在当下"几个字就可以注解清晰的。如果你总是在找一切的理由证明现在的你,不是应该的你,那似乎只要是个人,任谁都有受虐狂倾向,都需要心理治疗。但私下里,内心却上瘾般地继续追逐这个被压迫的理由和随时装出一副可怜样儿,没事寝食难安地跟自己斗气。成不了梦想的自己,一定是因为这个社会,因为这个时空,绝对不是因为你自己不努力。那你还紧抓住自己不放?怨言是受虐后的得意和快意?

因为恐惧自己的选择,恐惧这个社会的压力,总是拿着社会压迫你这个理由建筑自己,那你就是面目全非、破败而诡异的废墟。别人要添加什么你就努力添加什么,欲望让你添加什么你就添加什么,做不了真实的自己。为了显得光鲜而放弃真正的实用,为了美轮美奂,忘记本来该做的事。你还希望,理想的光亮可以照进你的人生,可以给你喘息和梦想的机会?

梦想是对现实的示威,理想却是靠着行动累积。一小步的改变,都是向着真实的自己近了一点,只要不因为恐惧自己的改变,不怕这种恐惧打垮你自己,你也就不会被世界打垮。不畏惧改变自己,你或许也就改变了世界。一步步坚定而清晰,没有理由和借口,不恐惧自己的改变,你的世界也就不再是废墟。

因为你只有青春期而没有青春,所以你的人生充满废墟。学会不再有意识地建筑那些只是因为恐惧自己而去迎合谁的废墟。不远离自己,不畏惧自己,不去寻找那些莫名其妙的理由,理想一样可以照进现实,照进你的心里。

第二章

你接受了阳光，就应该接受影子

人生匆匆几十年，

没有什么一定要做的事，

尊重你此刻的想法，

尊重你内心的执念，

那随之而来的便是美好。

> 宽度让你明白自己活着，
> 　时间让你明白自己活过

　　你没有能力去感知无言、无成本的美丽，你的生命是靠一个个结果标示的，那你仅仅是活过，从来没有活着。

之爱情

　　《爱情买卖》，一首听了让人哑然的歌。一句歌词，"爱情不是你想买，想买就能买"很好，可惜的是太多的人真的觉得爱情是个产品。

　　爱情不是一个产品，却非要求有保质期。

　　爱情来临的时候，不是你得到了什么，而是你要准备做些什么。爱情是一个作品，需要不停地雕琢和灵感。既怕过犹不及，也杜绝粗制滥造。既要有共同的审美和梦想，又要有面对现实、知道这是走向梦想的不完美的过程。

　　你把它当产品，就有保质期，就仅仅是消费；你把它当艺术品，那你不能允许它的不完美。

它是作品，是两个审美趋同，并愿意为之努力坚持、努力雕琢的两个人的作品。

之差不多先生

"差不多……""我以为……"

这样的话听多了，世界似乎就是由"差不多"先生组成的。完美其实不完美，这个悖论，很多人明白，但这个差不多还真的值得考量。

人性除了诱惑什么都抵挡得住。本来诱惑是人生的动力，现在却被诱惑教会了"差不多"。到底是因为你的无力，造成不停的差不多，还是因为心有旁骛，才只好说差不多？甚或，新的目标出现，这个目标暂时就差不多吧？现代人目的性颤抖与心有旁骛交叉运作，于是结果与评价永远是差不多。偶尔出了几个不差不多的人，世界总会为之改变，如乔布斯。

其实"差不多"换成"能不能再好些"，"我以为"换作"我知道"，"我通知了"换作"我通知也跟进了"，就可以跟差不多先生说拜拜了。

之活着与活过

生活到底是权衡还是选择？人生是个长度还是个宽度？是经历

造就人还是结果造就人?

"若在面临抉择而无法取舍的时候,应该选择自己尚未经历过的那一个。"

一个小例子,前些天的月食。虽然月食也是嫌贫爱富的,有着单反或是望远镜会美丽许多,但站在冬日的楼顶上总是让人有点唏嘘难耐。但看看街上的匆匆人流,没有谁抬眼看一眼。我们追求一切花钱、花时间的享受,却匆匆得来不及抬一下头。想来,3个小时,不管你是抑郁还是快乐,是悠闲还是急忙,每10分钟抬眼看5秒,算起来一分半钟,美丽毫无遮拦、没有成本地出现在你的生命里。说句很矫情的话,人生无法确认长度的时候,我们努力增加宽度。

宽度让你明白自己活着,时间让你明白自己活过。于是乎宁可选择生活而不是权衡生活。你没有能力去感知无言、无成本的美丽,你的生命是靠一个个结果标示的,那你仅仅是活过,从来没有活着。

之企业及个人成功的要素

论起一个公司的成功与否和个人事业人生的发展,近期比较流行几个所谓的要素,其实看了,还真有点放之四海皆准的味道。

营销(Marketing),企业的营销模式是什么?这个营销模式导致企业的网络会怎么样?你的人生是如何营销的呢?最终会导致什么样的规模呢？待字闺中也好，山林归隐也好，孝廉求举也好，八股文章也好，伯乐相马也好，没有营销的模式，你又如何脱颖而出？

故事（Story），企业是支离破碎的片段，还是一段津津有味的故事？同样，你的人生呢？支离破碎，互不搭界，没有线索，没有段落，只有只言片语，孩童涂鸦，没有故事的人生就是冗长的肥皂剧，不看也罢。

连接（Connection），企业如何和市场连接？你的推广模式是不是很单一？个人来讲，你与社会如何连接呢？你没有走在路上，幸运的车如何搭载你呢？坐在屋里，幸运没那么大的劲儿去敲门和砸窗。还不能末班车已经走了，你还走在这条路上，步行也要多选择走几条路。

部落（Tribe），企业能建立你的标示明确的部落吗？消费的群体和代理的群体有多少的忠诚度和排他性？个人能建立你的人脉吗？多少信息和机会来自你的部落呢？

承诺（Commitment），企业能不能承诺创造客户价值呢？企业成本不会拖垮一个企业，但创造不了客户价值，你注定离死不远。个人而言，你能承诺你的未来价值吗？这个承诺不是承诺你会努力，而是现在的你，当下的你，让部落内的人知道这个承诺可以实现。

架构（Structure），企业的架构是什么？营销模式呢？互补吗？

活力和执行力呢？体态均匀，比例恰当吗？退出、避让、进入、保有机制是什么？作为个人，你是由什么组成的？你想要的成功是你自身的组成部分能够达到吗？还需要什么？太多的人，理想的腰围要比支撑的骨架大，不成比例。

产品（Product），产品不是全部，但产品永远是要素。产品稀缺性、需求度、组合到底是什么？信息掮客也好，供需掮客也好，归根结底，企业需要产品的溢价存活。企业的销售规模来自销售网络前端的盈利规模。个人呢？你作为一个产品，能否给予你所处的世界更多的利益，决定你能获取多少利益。

之天赋

这里的天赋不复杂，"拥有将分歧明确表达的天赋"，这个时空不是因为大同而存在着，永远是因为分歧而丰富多彩。如果你能用清晰的、明确的、易懂的方式将分歧表达，其实你已经学会选择，学会学习，学到了东西。

怀疑论的极致是虚无，静心和冥想仅仅是为了融入而放下脑袋。有了二才会剖析到三或者一。一味地找一，虚无了；一味地找三，会变幻无穷。找到分歧，明确表达，这个天赋谁都想拥有。

爱从来都是苦差事

"爱似乎好像大概，从来都是个苦差事吧。埋单，走人。"

下班，车场取车，小乐靠着我的车门，树荫下的阳光若隐若现，他也就优哉游哉地看着我笑。突然，夏末秋初的慵懒，微微的汗意瞬间无影无踪。

小乐算是我的学生，因为一直喊我老师。我也做了他无数次的心灵导师、心理干预师，他却永远反其道而行之，于是老是觉得他在用生命跟我死磕似的。而且他还活得好好的、有滋有味、有型有款。所以他和我的博弈谈不上谁胜利，但是老师会一直叫着。只是我到了见他头疼的地步，因为总觉得他锻炼了讲故事的能力，在我这儿，最多继续操练我的一心二用。

小乐是体制边缘团体的人，活得如苗圃里的花草，很整齐很漂亮，不野也很适时地绽放。小乐人如其姓，笑得中规中矩，随时地笑，很真诚。因为太随时，搞不懂生活是不是真的这么快乐。

老规矩，喝茶，看在他逢年过节送茶的分儿上，我也继续听他讲故事。

"老师我给你讲个我的恋爱故事吧。"他整洁的面容带着一贯的笑，只是有点小小的迟疑和犹豫。

"恋爱？你确定是恋爱？你不是一直都在爱着吗？你不是一直见了体制外的说自己是体制内的，见了体制内的说自己是体制外的，祸害了多少从小到大到老的女人了。"倾诉恋爱倒是小乐的第一次，我很好奇，也就很戏谑地问他。

"德老师，那是生活，跟恋爱是两码事。"弯弯的眉毛有点立起的感觉，嘴角还带着笑。似乎这个皱着眉头笑，据说很性感？

任何邂逅都不是偶遇

"我跟水仙认识，是那次朋友攒了个局，准备倒腾点虚玩意儿赚点钱。地方选得好，是个新开的藏族味道的饭馆。"

"那天去晚了，点头哈腰转圈道歉的时候，一眼她就撞进我的眼了。你知道吧，是那种撞进来的感觉。她穿着带着花边的布裙子，撑得满满的，一大堆藏式花花绿绿红红的项链手串，还稍微有点晒伤妆、高原红，头发直直地淌下来。眼睛静得可怕，笑的时候都安静，仅仅一点点的波澜。挂了那么多东西，脖子还是很美。一点点的味道都能在人群里传递到我这儿。"小乐眼睛有点亮，笑容都没了。

"没说人家的胸，看样子是真有撞击感啊。"不挡着小乐，他能把这感觉和身体细节无限发挥下去。

"老师你知道，我喜欢那种应景的人，虽然攒局蛮怕太突出的人出现，但穿着打扮能应景的我都喜欢。那天的局我没给大家找乐子当润滑剂。冷场了我也没管，只在最后分手时走了标准环节，大家互留联系方式。她叫唐水仙，说话慢慢的、细细的，不认真都有点含糊，也不好听。"

"水仙茶都比你这个水仙有味道，你这一多半的感觉是后边自己编出来。"

"老师你还让不让我说了啊。"小乐很急，讲故事的人都很急。我不急，我也学会皱着眉头笑。

任何一次说走就走的旅行都是蓄谋已久

"后边没联系。大约差不多20来天吧，她电话过来了，我接电话还有点大学通知书送达的小兴奋。她问我有车没，能不能送她去机场，要去旅游，行李多。我当然答应了啊，一溜烟儿就到她那儿了。夏天吧，她清爽的旅行打扮，那种下了飞机就准备游玩的那种。箱子蛮大，我一路油门踩得蛮重，她倒是说时间不急。空调开得不小，我倒是有点手心出汗。"

"马上就诡异了啊，老师你别急啊。"

"我不急，你别急！"我需要捧哏般地应承一下，要不小乐没的茶喝。小乐现在喝茶喝得很没品，牛饮。

"我刚从停车场把车开出来，她电话过来了，说自己没赶上飞机。忽然，我有点幸灾乐祸的小高兴。老师，你知道那个感觉吧？"

"哦。"懒得点破他的小聪明，把我当饭局里的人呢。

"我进候机厅，看她站在那儿，安安静静的，似乎也不烦。她说不好意思，我说幸亏没上高速，要不还真麻烦，我说我送你回去吧。她突然迟疑了一下，小声问了我句，要不咱俩出去旅游吧。其实第一次我都没听清，我问：'你说什么？'她看着我说：'要不咱俩去旅行吧。'"

"哦？"我也觉得有点好玩了。

"我有点上头，她倒是安静地看着我，也看不出渴望还是随意。我脑子转了八百圈，然后就说走呗，就是没拿东西。她说带卡了吗，带了不就行了，我想也是。反正咱那单位，除了应酬和迎接领导需要人在，其他打晃晃，去不去谁知道啊。死了都给你发工资。"这种体制内的牢骚一半是得意。

"我们商量，有退票的地方，买了直接走。运气不错，敦煌有退票，反正我俩都没去过，就买了。"

"敦煌，哥去过没有？"

"我是你老师，少没大没小的。"

"是是是，秃噜嘴了。到敦煌刚好傍晚，机场到市里的路，大漠落日，真的鲜血一样的，我能想到的就是鲜血燃烧沸腾的感觉。咱终于有一场说走就走的旅行了。"小乐不理会我的话的时候，我知道他已经找到感觉了。

"这样说走就走，我是见识了，她准备得很齐整，我是需要什么买什么。总之，这次该转的地方转了，不该转的也转了，每天都是挨着床就睡。要说感觉，就是梦回唐朝，梦回唐朝小穿越。"我开始自顾自地想象画面和感觉，小乐自顾自地说，他不看着我说的时候很好玩，喃喃自语的架势，像对着空气和观众。

事件还是事故

"第二天就要走了，出事了。"

"你能出事？"

"老师你别急嘛。那天去喝酒，反正转完了嘛，敦煌的酒吧很好玩，上来先喝了什么唐代那种的可以喝几百碗的葡萄美酒。然后和隔桌拼桌，开始什么大敦煌酒。场面酒我还撑得住，还替她不停地挡，反正那天喝了不老少。然后就出事了，晚上稀里糊涂住一起了。老师你别笑，真的是稀里糊涂的，就算我对自己不负责、我是王八蛋，我也要对这次说走就走的旅行负责吧。我喝了酒，也变不成见女人挪不动步的人吧。反正似乎断片了，也就一起了。"

"这叫出事了？"

"是啊，我没有想和她在一起啊，不是不想，是这个旅行我觉得蛮、蛮圣洁的，也应该很完美。突然感觉，怎么感觉我也筹划已久，她也筹划已久似的。"

"你是梦醒了，还是觉得梦不错啊。"

"我觉得是另外的一个我，在做梦，而我自己在一边呆着看，跟我没关系似的。"

爱是谁的稻草？骆驼的？溺水者的？

"反正似乎一点尴尬也没有，然后就谈恋爱了。"

"确定是恋爱？"

"谈嘛，处嘛，老师又抠字眼儿啊。"

"我们像正常的恋人那样开始相处了，不是说我们不正常装正常，而是莫名其妙地就很正常。恋人该做的都做了，吃饭、唱歌、节日、惦记、礼物、出去玩什么的。偶尔我发发神经消失几天，偶尔她发发神经消失几天。到最后都有过家家的感觉了，前前后后、哩哩啦啦半年多。"

"半年？没感觉啊，到现在差不多一年了，你在我这定期报到的，没感觉啊，你什么时候也给我玩这种里格楞了？"

"没有了啦，就是那种默契，跟训练了似的，就没有想给您说。"

"春节我们去烧初一的香，你知道的那个地方。烧香不是要许愿嘛，那天我的羽绒服都被烧了大洞。我护着她把香烧完，我问她许的什么愿，她也问我。我那天也是遇鬼了，我说我许的是希望我们俩能走一辈子。她眼睛突然亮了一下，说她也一样许的这个愿。那天冷得人龇牙，那一瞬间，我就感觉旁边的闹哄哄都静音凝固的感觉，我相信她也是那种感觉。"

"哦。"按照节奏，我需要让他暂停一下。

"我们开始筹划，忙得晕头转向。她爸妈超级喜欢我，你知道我的，这个我擅长。我爸更不用说了，就是那种能把我打发了就请客的架势，我妈也喜欢她安安静静的感觉。我的那套房子，就我爸那套，早就装修了，现在刚好。她妈还去批了我们的八字，合得很。简直是幸福模板。"

爱何曾存在过

"七七八八差不多了，准备婚纱照。我找的一个摄影师，借的婚纱什么的，去山里的老县城。半荒废的那种，感觉你知道吧。先拍老街道，人来人往，我们秀幸福的那个桥段。在摄影师摆弄我们的时候，我们互相望了一眼。"

小乐开始语无伦次，开始深陷在沙发里，空洞洞的眼睛，笑容开始重新浮现，腿直直地伸在桌子下边，双臂抱着。抗争还是躲避？

"那眼睛里的平静，就像走了很远很远的路，就为了走到这里，就为了跟彼此眼神交流一下似的。我知道一切都完了，我连想都没想，就跟摄影师说不拍了，打包回家。我都奇怪那种默契哪来的，不是心有灵犀啊，就是默契啊。我一路都在和摄影师神侃，她妥妥地配搭着，所有人都很默契，你知道那种味道不？跟恐怖片似的，活死人聊天，热闹还流畅，就是和自己没关系。"小乐深深吸了一口气，人整个从沙发上浮起来了。

"回来我们就跟没事儿人一样，就是告诉大家不结了，反正就是不合适，不结了。各方打点完了，也没觉得累和烦。然后我和水仙拜拜了，走的时候抱了抱我就感觉是抱了抱过去的自己，还说有空一起再出去玩和吃饭，想想也就一年工夫吧。"

失去是开始还是归来

"完了？"

"完了。"小乐瘫回去，软软的。

"没完，继续。"

"继续？"

"继续！"

"好吧，我们再没有联系了，前几天喝酒，就是叫你去，你没去的那次。我喝多了，就是吐得都想把胃吐出来得了的那种。我趴在马桶上，突然就想，水仙到底存在不存在啊？我知道我就像先被自己使了绊子，再被所谓的爱下了套子。我使了吃奶的劲儿，奔着爱就去了，我就是再浑蛋、再不求上进，咱也努把力一次，豁出去一次。但走到半道儿，发现我也到不了，也回不去。我就是为了占有属于我们俩的世界，也享受了占有的世界，但就是到不了，也回不去。是不是按您说的，我不存在了，其实她也就没存在过。是不是她也这么想啊，还是别的怎么的？反正，一年就这样了。你知道我最害

060

怕的是什么吗？就是那天拍婚纱照的眼神的默契，不是心有灵犀那种共鸣啊，就是纯属默契。水仙现在在我脑袋里，就剩了安静的眼睛了，安静得我都害怕的眼睛。我都觉得我慢慢也都安静了，渐冻人似的，我老能看见自己，老是安静的，让我自己害怕。"

小乐看着我，难得不期盼的眼神。我也看着他，抿了口茶，起身，拍拍他。

"爱似乎好像大概，从来都是个苦差事吧。埋单，走人。"

秋初的古城，从不清冷，清爽着，多彩着，温暖着。

爱是一种能力，
你只能判断你是否在爱

　　把真实的痛苦和坎坷打码吧。或许痛苦和坎坷使你选择逃避，才是这个世界最可笑的笑话。你是因为过去才爱一个人，还是因为未来才爱一个人，还是可以抛弃过去、未来，在当下爱这个对面的人或心里的他？

世事无常，屌丝遍地。要说屌丝恨高帅富、白富美，那纯属意淫，因为那样的恨没有意义，也没有结果。

那就屌丝恨"打码"。"求无码！""楼主好人一声平安！"

打码本为了保护，保护那些需要保护的心灵，或是跟你是否付费有关，或是有些人臆想的需要规避什么……惨烈在于，真正需要打码的东西不打码，不需要打码的却讳莫如深。甚而有些无关羞耻、只关真相的，云山雾罩，瘴气漫漫，令人萧索凄凉。

记忆里的自己从来和现实里的自己不和，在没有旁证的时候，自以为记忆永远确实无误，记忆和现实总是相安无事。但等到哪一天有了旁证、索引，记忆永远和现实打得不可开交，鲜血淋漓。脑袋要么偏执得可以，自认为我的记忆永远没有差错，经过择选的才是最真实的，经过我的脑袋的铭刻，其余的都是可有可无、无关痛痒；要么，稍经叨扰，就开始怀疑自己的人生何曾真实过，仅仅是大脑相机的一个个片段节录，角度片面、曝光不足、光圈混乱、摇摆不定、光影模糊，不是艺术照胜似艺术照，恨不得自己重新活过；最怕的倒是，PS 的神功，没事检索自己记忆的影像，高大些、阳光些、唯美些、道德些，不见得神圣，但绝对清纯正义，受伤必是被无良，伤疤都是值得炫耀的徽章。

世上恨无孟婆汤，抱憾唯余求打码。

记忆本不模糊，只是有意遗忘。使力过猛，该遗忘的遗忘了，不该遗忘的也音讯皆无。神经错乱都是自己折腾自己，自己怀疑自己。青春本有张不老的脸，但在记忆里总是斑驳得可以，其实不是记忆，是现在的心境。你总是怀疑现在的人生不是你应当拥有的人生。于是，另外一个你跳出来，妄图改变过去，谴责当下，美化你的未来。你的幻想有多离奇，就表明你对现实有多不满，乐于自己做自己的对立者。你最怕过去的你控制现在的你，可似乎永远如此。

于是，选择不忘记，但可以打码。

把臆想的记忆打码吧。你总是尝试解释生活，而不是面对人生。

你热衷于忘记眼前的事实，揣测背后意味的东西、可能的暗示。每个人都信誓旦旦地追求真实，最终追求到的仅仅是自我的看法而已。你不停地谴责过去，只是给自我一个不承认当下的事实的借口而已。

把真实的痛苦和坎坷打码吧。或许痛苦和坎坷使你选择逃避，才是这个世界最可笑的笑话。你是因为过去才爱一个人，还是因为未来才爱一个人，还是可以抛弃过去、未来，在当下爱这个对面的人或心里的他？

把欲望打码吧。充满欲望的人，内心如万花筒，什么都没有，但外界些微的变化，内心就幻化万千，虽绚丽但不真实。我们是因为孤独才依赖，因为厌倦才放弃。所以，不要尝试在过去的记忆里寻找当下的答案，也不要妄想在头脑里幻化未来，以此寻找当下的答案。

把那些已然纠结、注定继续纠结的打码吧。我们总是在自我认识的自我、别人眼里的自我，或我们认为别人眼里的自我之间博弈，萃取选择自己想怎么样，或应该怎么样，其实已经跟记忆和现实无关了。那么纠结，何不打码了之？

把环境对你的压迫打码吧。发现自己的问题是一种觉知，发现别人的问题是一种愚钝。敏感不是敏锐，所以敏感也不是智慧，信仰是一种体验不是归属，信仰需要践行而不是诵读。不是探讨如何面对这个世界，而是探讨如何面对自我，这是人生的终极问题。记住，是你在建立自己，不是改变自己。

把自我的丧失打码吧。有的男人不像男人，有的女人不像女人，这是今天这个社会的常态，但可怕的是自我已然认同这样，习惯地以懦弱逃避来忘记自己是谁。其实自己也明白逃避的不是真实，只是时间而已。选择逃避的一刹那，你就被要逃避的东西绑架了。

把成就满足感打码吧。你拥有什么你就是什么，你以为拥有了人或东西或地位，其实你也就被这些人或东西或地位僵尸化。拥有感造成满足感，满足感造就成就感，成就感造就标志感。于是，你越是觉得拥有得太少，拼尽全力去获取、去攫取的，最终反过来都劫掠了你。

"无码流出"，屌丝的挚爱，感恩地谢遍十路神仙、八方神圣、祖宗八代、中外无论。人生却真需不打码的记忆吧。

歧义不打码。已经莫衷一是的，不是需要选择，只需清明。打码造成歧念，遮盖的偏不是该遮盖该模糊的，于是记忆就搞得充满偶然性，巧合又显得戏谑，甚至变换果为因、因为果。

美好不打码。**爱是一种能力、你只能判断你是否在爱**，而不必怀疑是否能爱。爱与道德无关，与慈悲有关。跟物质与信仰无关，世上唯一无须验证、无须缀饰、无须解说的就是爱吧。

恐惧不打码。恐惧来自改变、失去、自我保护，欲望让你恐惧，满足让你怕失去，自保让你怕改变，无知让你臆想被伤害。为什么现实的真相让你恐惧，是因为真相让你比照记忆、比照臆想的未来，让你觉得恐惧？你不愿接受当下的真相吗？但你也明白，当下的真相无从更改，于是你学会拿恐惧来躲避。

我们热衷于让这个世界知道自己，知道自己的存在。财富、知识、名望、权力、经历，甚至美德，甚至那些跟随你的人。但你知道那不是你，但因为别人就那样地看着你，你也就只好这样地看自己。因为你明白你什么都不是，什么都不曾拥有，于是你又继续努力成为一个什么东西。

春天来的时候，冬天有怨言吗？万物只是接受，安然地、喜悦地、全然地接受。那今天来的时候，过去的记忆也最好不纠结你。未来到来的时候，最好不是今天臆想所造就的。

无码流出可以欣喜，无码的人生总无可能。但无码总还是比意淫高尚，起码是真实的另外一种表现方式。打码的人生，不是为了建立自己，只是标明自己，人生不是用来改变的，因为改变的依然是你。愉悦的感受，再来一次一定有点倦怠；愉悦的人生，倒是可以重复类似的流程、不同的模样。

于是，做一个屌丝不需要有负罪感，但人生的记忆打码或许有理。

你是一本怎样的书

其实自己也明白，现在读书就是为了战胜自己内心的敌人。而想成为的书，也无非是让自己战胜自己。敌人一直在那里，千百年一直在那里，这跟你无关。但在这个刹那，你站在了他的面前，我要成为记述我内心敌人的那本书。

很早以前，有个调查，如果独处荒岛，只允许带一本书，你会选择什么书？当时年少，我选的是《四库全书》，现在想起来，书没读完倒是把自己读死了。想来当时就把书当作消磨时光的读物，自然博大精深，包罗万象的好。

书到底是志同道合、趣味相投的朋友，还是答疑解惑、谆谆教导的老师？是寻找先知醍醐灌顶，还是增长见闻、百科探秘？甚而遗祸思想、扰人清修？不知别人如何看待书，现在的我把书当作我的敌人。

过去在脑袋里塞入了太多的书，囫囵吞枣、不求甚解；及至消化，又被各类思想的论战搅得自己头大如斗，上吐下泻。多了不止一只眼睛看世界的结果，就是世界悖论可笑得可以，被各类思想所左右的时候，感觉自己被劫持和愚昧了。

于是吃了点思维的泻药，读了一下霍金的《时间简史》，拿高深杀死混乱，自己的脑袋算是找回来了，从此我把书当作我的敌人。"要慎重地选择你的敌人，因为在与其对峙的过程中，你会变得越来越像你的敌人。"这句话总是让很多人迷惑，但又让很多人心有戚戚。读书也该如此吧！

在你有了基础的判断力、逻辑能力、语言能力、文字表达能力之后，读书就需要把书当作敌人了。"尽信书不如无书"，战胜敌人的最好方式就是学习他的优点、寻找他的漏洞。现在满世界的各类宝典类书籍，洋洋洒洒，你都把它们当圣经、佛法了，那你还要以前的思维干什么？拿来主义多好，结果就是你终于依靠你不懈的努力变成了别人。

当然，既然当作了敌人，就该仔细选择、认真思量，不是能够战胜的敌人或者短期不能战胜的敌人，暂时放在一边；笃定稳操胜券的，轻描淡写的，没必要拿起来读，枉费头脑；找就要找那种需要脑力风暴，鏖战正酣，在战斗中成长的书，最佳结局是杀敌一千自损八百，损失的是自己曾经的错误，获得的是更上一个台阶看世界的眼光，最好还能看出些敌人的破绽，替敌人弥补一下宫殿的墙壁。

及至书读毕，再回阅一下自己的批注与评点，如饮美酒，畅抒心意，酣畅淋漓；或是月白风清，茶浅灯残，恍然隔世；或若登高云行，世事倏忽，纷繁于外；或似暗黑之夜，有烛灿然，光照一隅。这样的战斗、这样的敌人都值得尊敬。尊重每一本可以称得上敌人的书。

说了把书当作敌人，那我要成为一本什么样的书呢？

我该是那本讲述人类轮回的书，我一直相信人是宇宙的一部分，但从来想不通人在轮回里的角色扮演。学佛知空，空到极致又如阴阳转换地到了实。曾想下辈子做棵树或者做头猪，那这棵树和这头猪跟现在的我又有何关系呢？我的存在是孤独的，但又被这个世界所联络，如果时间只是一个臆造的念头，那我轮回里又何尝有因果呢？

我该是那本记述明代历史的书，不求视角，只求详尽。一个老大帝国在一切向好的努力下衰败了，当社会变成一种规律，人在其中的角色到底是什么呢？又如何做呢？历史总是看着偶然，结局又总是那么必然。比如一个人、一个团体，行进到无可奈何又不得不走的时候，那是一种多么苍凉的悲哀。

我也该是本游记，不是那种游历世界的游记，而是某一个地方几十、几百、几千年四季的记述，风景太多，只求一山一水四季之乐。即如人生，恒河之沙，何必万里走遍，浮华掠影？

我还要做本讲爱的书，人生有为了离开而有的爱，如母爱、父爱；也有为了在一起的爱，如爱情；也有那些不惧生死、舍身为爱的爱。

但爱何时可以超越欲望，无欲的爱又将如何呢？多少的爱是因为欲望而成恨，爱到底是什么呢？

其实自己也明白，现在读书就是为了战胜自己内心的敌人。而想成为的书，也无非是让自己战胜自己。敌人一直在那里，千百年一直在那里，这跟你无关。但在这个刹那，你站在了他的面前，我要成为记述我内心敌人的那本书。

过去是过去的过去，未来是未来的未来

过去是过去的过去，未来是未来的未来。惊喜总是来自意外，悲哀却总是来自时间的理性之中。意料之外或许有悲伤，验证的无非是对待事物、人和环境的珍惜或自以为的拥有。

今天看到一篇文章，大致的意思是在很多时候无所事事反而会比即时行动，在投资、管理等方面损失得少。时间是个概念、是个单位，但有时候也仅仅是个概念、是个单位。

勤劳的人会惴惴不安一切时间的流逝，我们的父母、社会，也在谆谆教导我们珍惜时间，要求我们有时间概念。于是时间不紧不慢、按部就班地流走，我们需要紧紧跟随，毫不犹豫。游手好闲的我们，假装很正经地做着很正经的工作，努力而事无巨细。但每天结束，问问自己都干了什么的时候，通常也就是说什么也没干。但是真要你闲适地待上一天，无所事事，你会不断质疑你的选择，时间的流逝成为一种头脑认识里的放纵。

骄奢淫逸消费了时间，也消费了金钱，没有哪个人不明白，于是谨言慎行，小心翼翼，自责和惩戒。倒是很多时候，我们以为的时间概念，造成的损失巨大。

这个时代是伟大的时代，我们见证着一切事物的变化，适应着一切事物，包括环境、内心、人的变幻。时间什么也没有改变，期望时间改变一切的人都是痴心妄想，针对结果的感叹永远是义正词严。其实时间改变的是人、是环境、是内心的改变。微博的大行其道，太多的人找到实话实说或是胡说八道的理由，还有那些嚷嚷着"旁观也是改变世界"的人，其实多少都有些意淫和自我膨胀。

我们从来没有机会记录时间，我们旁观的最好结局也无非是见证。过去是过去的过去，未来是未来的未来。惊喜总是来自于意外，悲哀却总是来自时间的理性之中。意料之外或许有悲伤，验证的无非是对待事物、人和环境的珍惜或自以为的拥有。

时间如今在你我生命里，阶段性地存储着记忆。在这些随机储存的片段里，时间或快或慢，似乎与现实里的时间无关。我们努力活着，也仅仅努力见证这些个随机片段。或许很久以前就明白，你永远过不了你期望的生活，因为时间流逝了，你的内心、你的环境、你的事物都改变了。

"活着"，通常是别人问候我近来如何的回答。不是矫情，是"好好活着"比任何事情都重要，否则你连见证时间的机会都没有。这个时代被我们遇见，是幸运还是悲哀？时间都来不及让你表白就行进下去了！

　　时间的花儿开了，只要你没有在追随时间的流逝中流逝自己。不总拿着时代变迁的理由、人生匆匆太匆匆的理由，变幻自我的身形，否则时间不会开出什么花朵。时间没有变快，你的内心跑得太快了。这个时代没有让你透不过气，而是你气喘吁吁的奔跑让你窒息。在焦躁症里荒废时间，在奔跑里浪费金钱。于是，欲望没有让你强壮，而是更加虚弱。没有改变、没有行动我们就觉得有损失的时候，时间就在旁边不紧不慢地讥笑，默默地流失。

　　佛求得证，静求己心。时间总是要在你的内心刻着各样的记号，这个跟你是否愿意无关。这个时代要求你姿势多变，该匍匐的匍匐，该直立的直立；时间也折腾得你不停地翻跟斗，花样年华。你的心倒是需要永远地直立向前，否则你永远战胜不了时间，哪怕时间的花儿开了，你也见不到。

　　这个世界已经太复杂了，模仿勤奋和教化，模仿那些成功者的优良品质不足以让我们逃离时间的陷阱。没有太多的成功可以复制，而时间的花儿开了，也是因为内心的那个你还在。

　　失去时间的同时，你是否在失去金钱？失去金钱的同时，你是否在失去时间？其实我们什么都不怕失去，最怕失去的是因为追着时间而跑掉的你的内心。

　　时间的花儿开了。时间没有四季，开花的时候只要你在，就可以见证。

只是希望去过的城市是它原本的幸福模样

一直想一个问题，城市到底有多大？是因为熟悉而觉得城市大，还是因为陌生。

近来去了杭州出差，奔波了几个附近的城市。一直想一个问题，**城市到底有多大？是因为熟悉而觉得城市大，还是因为陌生。**

小时候，心目中最大的城市是郑州，那时周边河南人聚集，在他们的眼里和说辞里，郑州大得如世界的中心，西安在自己的愧疚里小得可怜了，那一方城墙似乎拘囿了一个不能长大的孩子。及至大了匆匆去了郑州，竟也了了，哑然失笑。

大学时，因着在北京，大都市里骑着单车，从北理工到西单、王府井，没觉得漫长，现在想起来应该是青春无敌吧。记得一次北京城里刮着九级的风，自己去西单买了送母亲的礼物。一路阳光，一路逆风，回了学校才知道九级的风大到吹倒了北京站的广告牌，想来这个城市也就那么大。

及至工作了，因着公务旅游，去了很多的城市，或是惊诧城市的庞大，如武汉、如沈阳、如天津，或是诧异城市的小，如长沙、如南京、如成都。说起最让我出乎意料的，该是杭州了。

西湖美景，武林胜迹。那十景一湖，在心目中幻化得如天堂，寥廓而绝美。真到泛舟湖上，一眼四景连绵的时候，不知为何竟有点沮丧。江南的美景细致得如浓缩，袖珍得让心局限。那时的西湖，不像如今的熙攘，泛舟有酒，吱呀呀的橹，船夫是停不了嘴的，不知是寂寞还是炫耀，现在想起来，我的漠然多少让他有些心伤吧。

那次遇到杭州少有的大雨，急匆匆地躲避在湖边的一个咖啡馆里，一杯咖啡热气迷了眼镜，摘了眼镜，外面的西湖倒是美丽起来了。因着模糊因着雨，因着心情。

宁波，历史与现代打得不可开交，浙江的城市，有些底蕴的，也该是宁波了吧。但城市发展和历史遗存之间，在宁波是纠缠不清。既没有全新的新城，也没有纯历史的遗存，这样的混杂，倒让人觉得城市庞大而包容，而只是这样的包容，让人感觉得到蠢蠢欲动的城市之心。于是感觉城市膨胀了，隐隐地大了。即如看到初孕的女子，想象得到未来孩子诞生的模样。不像有些城市，像是打了激素的水果，无限地膨大，却没有营养和味道，纯纯地好看而已。似乎宁波更紧实和有内涵了许多，不像那个杭州。

或许是因着现在总是坐车或驾车的缘故吧，城市的大小总是跟目的地、路径、红绿灯有关，这个城市匆忙得没有脚步了。总是怀念，年轻时，脚步测量城市，西安、北京、成都、济南，在脚步里的城市鲜活而充盈，有着这个城市自我的运行轨迹，自己对城市的些许记忆，是这个城市自主生活的那些人的街道、语言、气味、温度、房子、路、衣着给我的，而不是坐在车上的那个我的眼睛给我的。

自我驱赶生活，眼睛决定思维，欲望左右时间。那些个我匆匆而过的城市，该是被我怠慢了。或许，某一天，我还会如青春而一无所有的样子，拿脚步去测量我所到的城市。只是希望去过的城市可以似老者可以似青年，可以是少妇可以是老妪，但就不要是靠着激素与妆容，打扮得花枝招展又隐隐地迈向死亡。

城市的死亡想来很简单，只留着名字，只留着季节，只留着地域，其他的似是而非，一般的模样。

于是，想了很多，这是我们自己选择的时代，自己选择的生活，自己选择的城市，可以思索，不要拷问。无情未必得悟，净空未必无尘！影子无尘，活在当下就好。

每个人的梦想都不一样，
连同西北再北

　　熟悉而陌生的地方，隧道的灯光与外界山野间的漆黑，交替呈现在熟睡的人们脸上，变幻莫定。每个人的梦想不一样，但是又是在这个西北再北的路途上，这辆车上，人生或许也如此。

　　乔布斯最伟大的产品设计出现了，iQuit。

　　上帝造了三只苹果，一只被亚当吃了，一只砸在了牛顿的头上，剩下的被乔布斯咬了一小口。苹果成为一种宗教的时候，就会感叹一个人的思维力量的强大，一个通过消费品改变人类思维的人是值得我们尊敬的。

　　求知若渴，虚心若愚！（Stay hungry, Stay Foolish.）这句话从乔布斯嘴里说出来真的很美妙。这句禅宗意味悠远的话，空中才有，有里知无。无空不得纳，无低不得聚。聪明的时候不是能力提高了，反而是想着如何取巧了。岂不知有太多的决定性的东西跟你是否聪明无关，跟你是否坚守有关。

乔布斯一向采用的方式是，在消费者知道自己需要什么之前告诉他们需要什么。苹果有能力使用户购买他们曾经认为不需要的产品。网络时代的需求调查，在这句话面前苍白无力。人们不是不聪明，而是太随众；不是不需求，是不知道自己的需求；不是不知道好坏，是信息量太大无从选择。

　　那你自己告诉你的客户他们需求什么吧。最好让他们惊讶原来他们有这样的需求。

　　影响力是这几年的热门话题。从产品、营销、管理、人生，似乎处处都有太多的巨著帮你增加影响力。成功学永远是中国人的热门话题，传统的文化比较强调势，势成事成，聚气以成势。现代的中国，有点技巧有余，耐心不足。大家比较在意说服力和合作影响力。甚而和权谋之术相结合，鬼魅般似了巫术。

　　"众里寻他千百度，那人却在灯火阑珊处"，为什么会是这样呢？"这里的重点，不是你放弃了竞争，而是你把用于营销活动的时间和金钱，都用来创造真正的价值。"你热衷于跟竞争对手去同台展示，而不是静下心来创造真正属于自己的价值，为什么不去努力被关注在灯火阑珊里？

　　其实做人也如此，包装无非锦上添花，自身的价值怕是根本。这个眼球经济时代，这个欲望需求时代，这个感官满足时代，BLINKE 一下很容易，Think Different 很难。

突然，你会在某一天明白：会有人惊喜地发现你，你让他们觉得很惊奇。他们发现，你的东西又认真又好，你的人又认真又好，但是居然从来没有听说过，没有在意过。于是，你可以见到，他们会去告诉他所能通知的所有的人。学会让接触和使用你产品的人变成你的推销员，你的价值就成为你最大的广告。

"保持安静，让自己变得有价值。长期来看，这比任何营销手段都有效。" 影响力的静模式，对人、对管理、对营销都如此。

可以不配合，但不能恶意。

整个世界都在合作，如今的世上不需要合作而生存和成就的人，怕是绝迹了。于是，总是在合作里磕磕碰碰、纠结角力。中国人喜欢关注态度大于关注事实，动机比是非重要，认人不认事。这个逻辑美其名曰为"中国逻辑"，于是乎中国的事情办起来，顺利起来，风正一帆悬；磨难起来，风刀霜剑逆流逆风。

沉默是一种权利，也是一种选择，沉默而袖手旁观有时候反而是真正的智者与向好者。恶意对待合作，就是合作的噩梦。怕就怕，合作的人耐受住了恶意，似乎最后的结果也将就得过去。忠奸在于对谁，好坏在于结果与权重。

太多的针对合作的恶意，来源于自我被认定的需求，因为感觉被忽视了，感觉被边缘化了，于是乎在出力的时候刻意地复杂流程、专业化环节、有意识忽略信息传递，最终的结果让人无语、沮丧。一直觉得，一个领导者，最难的不是管理模式选择，而是正向氛围的建立。

任何一个团队，你不用担心没有信息渠道、没有独立作战的能力、没有战斗力、没有执行力，最担心的是负向思维和混乱情况的产生，所以可以不配合甚至沉默，但永远不要让恶意出现。

其实另外一方面，恶意针对合作，对恶意者来说，不仅是时间流逝、精力流逝，再加上些恶意的想法对自己内心的攫噬，也是得不偿失哦。

上海到西安有条高速，陕沪高速。西北再北是一路的主题。

迤逦而来，渐行渐近。上海、江苏、安徽、河南、陕西。其实是向着一个方向奔，目的明确的时候并不孤独也不恐惧，安静得懒得计时，反而闲适于沿路的审视。

苏州的发展和底蕴让人激赏，白墙黑瓦的乡村，远比那些发展起来后房子即如千篇一律、绝无任何曾经的历史好得许多。历史总是告诉人们教训，人们总是一遍遍重复错误。文化底蕴不会被历史湮没，只会让后人唏嘘。

河南信阳和南阳，高速休息区永远是那么烂，只是稻田与池塘意境，荷花与水牛相衬，偶尔初秋的原野在夕阳里有点懒散和金色，让人忘却自己是从一个都市向另一个都市前行。

昏睡里行进在陕西，熟悉而陌生的地方，隧道的灯光与外界山野间的漆黑，交替呈现在熟睡的人们脸上，变幻莫定。每个人的梦想不一样，但是又是在这个西北再北的路途上，这辆车上，人生或许也如此。

你可以忍受无爱的白头偕老，
却不能忍受爱的人任何怠慢

在你选择的那一瞬，你走向你的爱，其实已然背离了你曾经的世界，那个世界不甘心你的离去，会让你真的感到痛真的失去。

四月的阳光，毫无阻拦地倾泻下来，羽翼尚未丰满的树木，被打成了筛子似的，靠着风让阳光摇曳。要开的花，屈指数得过来。花不乱的时候，春天也约摸着到了后半程。

一丝云都没有的蓝天，让人怀疑能否长久，蓝得不深远却讨人欢喜，北方的春天总是撩拨而躁动。樱花开放的时候，对于有些人是"花开似海，思念成灾"的莫名萌动，对于有些人可以是丝袜诱惑或是光腿闪耀。城市的嗅觉灵敏和视觉焦点永远在欲望，自然已然挑逗不了。山里的春天还在跟冬天纠缠地诀别，花开得恣意而孤单，春水浅薄，载着些落英回转。

春茶已然到手，不是很舍得，但存着似乎才是真正的辜负。放下岩茶，琉璃杯、明前茶、龙井，可以唤醒清明前清冷的温暖的水。早春的青涩和甜润在雾霭里翻腾，绿得让人怀想早春料峭。

春天本是邂逅的季节，在我这儿倒成了遭遇。几扇门打开，不是风景，都是遭遇。

一个朋友，在纳米比亚领事馆领了结婚证。一直在路上的他，明晰地知道在逃避什么。去非洲前，他就告诉我，他去不是因为找不到自己，只是觉得他快失去自己了。社会没有让他纠结，他自己让自己很纠结。我说："漂泊就能不失去吗？"他淡淡地说："寻找就能不失去。"

辗转在非洲的清冷里，跟保持尊严却日渐没落的白人，与因为一无所有所以快乐的黑人，与自然的远大和充满竞争的原野，寻找自以为要寻找的，偶尔的信息只是小礼物和一些只言片语的寒暄。每次回来，我都会要礼物，不是因为东西，仅仅是因为让他知道一种牵挂和需要。

在异乡的婚礼只是一顿中餐和一次宿醉，保护好自己了吗？自己不会再丢失了吗？他说："我在邂逅自己，原先以为可以逃开就可以保留，现在明白，我只是在这里邂逅到自己。""邂逅到自己，于是继续在那里待着天荒地老？""我会待在可以邂逅或遭遇自己的地方。"

朋友的朋友，胃癌扩散转肝癌，在事业初成、有儿步履蹒跚的年纪，很多事情在最完美的时刻最不完美。越是顺理成章，越是满盘皆输。化疗成为安慰的时候，家庭里的灰色阴霾可想而知。争吵、泪水、离婚当作口头禅地来来去去，时日不多，付出未必有回报，或许更是痛苦的理由。当世界已然背叛，自己过去的努力都是滑稽和对方的筹码。

与一个中医朋友聊，说起这事，他说，邪气已然生了，不调整就会乱窜。平时，告诉你不要没事唉声叹气，不要无病哼哼唧唧，身体知道自己所受的邪气，通常会以唉声叹气、哼哼唧唧做些释放，或是小病小灾地更新换代、除旧迎新。真要病了，你还助长邪气，你在哪里跌倒，他就在哪里踏上一只脚。没谁一定不病，但最终还是你自己杀死你自己。

玄妙还是玄虚？只是觉得，已然的时日无多，你一定要靠着让周遭彻底灰色，才证明你曾经的付出或是曾经的存在？杀死自己真的蛮容易，不比春天来临难多少。**宿命也好，运气也好，所谓的"命"，是你注定遇到某人、某事、某物；所谓"改变命运"，该就是选择如何对待某人、某事、某物。**

前几天，跟人讨论因爱生恨的事情，太多的爱情，美好得让你忘记时间、忘记转移视线。你可以忍受和一个不爱的人白头偕老，让婚姻经营得有声有色。却永远不能忍受，你爱的人哪怕一点点的怠慢。于是，相互吸引的在茫茫人海里奋力相遇，不是邂逅，不是遭遇，而是真正努力、放弃身心的泅渡。

牵手了，目不转睛，不是因为近了，清晰了，缺漏无遗，才心生怨念。怕是因为目不转睛，而选择背对世界、背对人生。世界开始让你遍体鳞伤，于是你觉得背离了世界、背离了时空的爱，理应让你获得更多。眼里只有对方闪耀的形象，世界都不存在了，世界会对你含情脉脉？

在你选择的那一瞬，你走向你的爱，其实已然背离了你曾经的世界，那个世界不甘心你的离去，会让你真的感到痛真的失去。及至牵手，你会一股脑告诉对方，因为对方你失去了世界，但爱难道不是牵起手来，转开眼光，面对世界吗？因为注视彼此而选择彼此离去，为什么不因为共同面对时空而爱呢？

四月在三月的草长莺飞、五月的红色热情中，不尴不尬，缓步向前。任何的问题，都应该是简洁、细化和可答的，除了人生。人生充满陷阱，你只是要学会不走向陷阱，也不让陷阱走向你，更为重要的，自己不要成为自己的陷阱。或许，谦卑因为慈悲，慈悲因为智慧，智慧因为爱，爱因为当下，当下因为孑然独立。于是乎，遭遇也好，邂逅也好，充满信仰而没有丝毫的仪轨，是这个四月的主题。

四月给我打开三扇门，开开合合，门里风光无限，值得唏嘘，但只落得灵犀无语。只求，静如秋山之岿然，动如大河之中流，寂静之心，存于冥想之中。

做自己是件有点孤独的事

人总是怀旧和经验主义，也总是充满幻想和期待。人总是害怕孤独，也总是自危于淹没在滚滚人流之中。于是自我先分裂开来，在内心深处争斗不已。

这个世界，觉得这个世界正常的人已经非常少了。偶尔，某个人说现在的时代是多么诱人和斑斓，多么正常，一定有人站出来说他（她）非正常。什么是正常，什么是非常，什么又是非正常呢？

正常本来如规范，是平均数的一个总结、归纳，代表了绝大多数和一定的计算。我们也听惯了"百年一遇""千年一遇"的说辞，也无非：一很符合这个平均数和标准，二代表以非正常做个推脱。至于今天铺天盖地的"非主流"，其实言下之意，顶多也就是个非正常，因为主流嘛，似乎就是正常的，"非主流"怕也就跟非正常脱不了干系吧。

这个"非常"，词的利用率太高，褒贬不一，得看用在什么地方了，这个词很适合中国人的胃口。那天才知道，在佛教词汇里，"非常"

竟有"无常"的意思，一个"非常"就够博大精深的。但除了那个佛教的意思，还是脱不了与正常的区别的意思吧。

网络时代信息泛滥，自从有了"粘贴、剪切、复制"，再靠着个搜索引擎，人们不是更独立了，倒是更没有个人思维了。等到 PS 出现，连眼睛都不敢信得太多。那个泡在网络上的美国人，克里斯·安德森又折腾出个长尾理论，这个网络时代的正常也就岌岌可危了。

人总是怀旧和经验主义，也总是充满幻想和期待。人总是害怕孤独，也总是自危于淹没在滚滚人流之中。于是自我先分裂开来，在内心深处争斗不已。有个非正常人类的公式定义：普通人＜非正常人类≤超人类，且≠精神病人。我看了，蛮哑然的，"非主流"还把自己看得比较平等，大不了是异于所谓的正常。这个非正常，把自己都幻化成优等种族了，马上要飞升的意味。

物欲横流的时代，感情、头脑跟物质区别不大。前些日子坐飞机，总是晚点，那个"非正常"已经变成了"正常"，而"正常"一次你都会觉得"非正常"。至于权力财色，抛开了黑暗的因素，"非正常"也成了"正常"。现在除了死亡，偶尔拿个"非正常"的幌子还能博博关注，其他的"非正常"早已经"正常"了。

正常其实是个群体认知和自我的期望，经验主义占了主导，偶尔有点怀旧做个点缀。从群体跳出来的个体，间或有些属于自己的"正常"。

世界跑得太快，自我被信息绑架，这个时空一定开始不正常了。至于推己及人，在我这儿正常，在你那儿不正常，这个倒是费些思量，跟教育无关，该是跟欲望相关吧。

还没有世界毁灭，还没有战争猛兽，所有的非正常都是人类自己折腾自己。是纵容欲望杀死思维，还有些是为了博眼球、获取点欲望，甚而有些人期望成为异能人士。其实想想"非主流"，也无非是怕被这个信息时代和关注时代所淹没，虽然方式一般，跟非正常还是有些区隔吧。

"非常"，已经是个很滥用的词汇了，真希望未来少用或不用，其实正常很容易，经验主义少一些，期望值趋同一些，区别心少一些，少些博取眼球与欲望。懂得自我比别人的认可重要，懂得坚守比能力重要，懂得万事不欺骗自己、不搪塞别人，懂得安静比匆忙坚实，懂得比较是忧郁的来源，懂得关注不是猎奇，懂得包容大于苛责，懂得计划来自执行，懂得结果来自过程，懂得承诺来自行动，懂得错误要在发生时正视，懂得区别围观和关注，懂得信息的截取而不是堆积，真正懂得天赋神权的"天"是每一个人拥有的权利……

至于"非正常"，信任来了，一大半的"非正常"都会烟消云散啊，太多的"非正常"，非正常死亡、非正常升迁、非正常利益，一是钱权无度，更多的是道理讲得通，可惜别人不信任。为了寻找所谓的自我或是博取些微关注，那样的"非正常"也可以稍微消停一下。你可以努力去做自己，但不能为了做自己而博关注，做自己永远还是件孤独的事情，博眼球和欲望，特立独行，与社会有意地对立一下，那就真有点非正常了。虽说"精神病人思维广，痴呆儿童欢乐多"，该算是歧视而不是自豪吧。信息时代的趋同和平庸，同时也伴随着爆炸和流星般的闪耀，于是趋之若鹜地渴望闪耀，宁可流星般划过……

　　"非常"二字，现在的时代远不如"真"字来得更让人有兴趣吧。不信你试试，把那些"非常"二字去掉，变成"真"字，感觉好许多吧！

成功的门永远很窄，但也很明亮

人生是如钟摆般晃动着前行。左右摆是大多数，前后摆间或也有。摇摆产生势能，最高点也是量变到质变的停止点。

这个题目出现在脑子里，是因为前几天看到一个段子。甲："你看起来很井。"什么叫很井？"横竖都是二。"大笑之余，就拿来这个题目博眼球。

"二"这个字，除了常规，在贬义的时候总是跟愚笨、暴力，与环境不协调有关。喜欢陕西方言里的"二"，要么不分场合、不掂轻重，要么强悍有力，要么脑子没有转过来。有点戏谑和调侃，蛮快乐的字眼儿。

近期看的书，有点差异大，《君主论》和《法句经》。《法句经》有点论语集的意思，也是搜集来的佛祖在世的一些传道言语，这里不做妄谈；《君主论》曾经被批得体无完肤，又执拗地被现代政治学思想奉为圭臬。交互着看起来，自己也有点"二"了。

"二元论"估计是人类开始思考自身时就百思不得其解的事情

吧，物质和意识，决定了人类今天的发展和所有的争执。中和为"一"的努力，总是被不可互换、替代的"二"所击垮。所以人的认识，基本就是被"二"所左右了。

《君主论》讲道德、伦理、宗教、武力、法律、政治行为，对立得可以，每个君主都要成为异能分裂人士，否则永远不得成功。精神分裂般的，对待被统治者和准备战胜的对手，对那些人高举道德和伦理、宗教、法律的武器，美轮美奂；实操起来，武力和政治行为是唯一的途径。作为一个统治者，最后的结果是精神分裂，也"二"得可以。

人生是如钟摆般晃动着前行。左右摆是大多数，前后摆间或也有。摇摆产生势能，最高点也是量变到质变的停止点。前些日子，跟师弟聊天，成就的门总是狭窄得可以，或许需要你笔直地通过，将就窄狭如你的身躯。那钟摆般的摇晃，有点长竹竿进城门的意思，直来直去才行。

左右摆总比东一榔头西一棒子来得规律，但对待自己、他人、环境、自己的看法、他人的看法、正向、负向，总是摆动，看似很是规律，但这个高点望着那个高点总是感觉背离得可以，有势不两立的意味。可是没有想到，在最高点，也是向那个反方向奔去的开始。静止是为了转身，静止倒成就了最大的势能。爱极了成恨，恨极了成爱，否定的极点总是找出点美丽，肯定的极点总是有点遗憾出来。为了证明自己的爱，不停增加自己的势能；为了昭示自己的恨，也同样把自己运动到恨的极致。可惜，到了极致就该停止，就该下落，势能转化为速度，奔着反方向而去。到了低点，倒是公正无他，真正地属于自己的角度，可惜的是速度最快，来不及思维，又奔着高点而去。于是，每个人也都很"二"。

钟摆很"二"，我们的人生于是也"二"起来。想想我们的生活，对别人的要求跟对自己的要求一样吗？对世界的看法，和对自己的看法一致吗？把困难留给别人，把舒适留给自己，自怨自艾到我是最没有错误又最受伤害的那个倒霉蛋。把自我和环境割裂还好，最多是个自闭，把自我生生地撕裂，那个苦楚真是痛彻心扉。为了自己的势能攒聚，非得把自己放在那个摆幅的高位不可，每个人都在做《君主论》里的事情，道德、伦理、信仰、法律什么的都是给别人做的，自己要学会政治、学会武力征服、学会品格掩饰。自我和环境在两个高点间对峙，恶狠狠地看着对方，也是充满喜剧的画面。

至于前后摇摆的人，其实都算得上成功人士呢。虽然侧面看起来滑稽，高高低低，起起伏伏，忽快忽慢，难于琢磨。但行进的人倒是方向明确，静止点和极速点都在方向的直线上。人生的快慢，外人的感觉倒是无所谓哦。这个"二"多少只是自身的沮丧犹豫和轻快向上。在正确的路上忽快忽慢，前前后后，高高低低，只是多了些自我制造的坎坷感。没有人会承认自己的一帆风顺，些微的成功，也要缀饰多灾多难过后的昂扬。

成功的门永远很窄，虽然很明亮。带的东西太多，身体臃肿，摇摆不定，这个门就在眼前，你也无从通过。讹诈别人，还可以道德掩饰；讹诈自己，那就是钟摆两端的对峙。非有点人格分裂做个积淀，要不世界都"二元"着，你剩下的就是"二"了。

物质和意识，永远争论不休，除了佛陀、老子这些得道圣者什么的，谁也灭不了谁，"二元论"的时空，也就需要继续地"二"下去，唯一的选择——这点就有点"一元论"的味道，怎么可能唯一呢？其实只是相对地唯一，也就是，自身与环境的主动融合，将自身与环境的摇摆一致，而不是站在自我上看世界，世界站在它的角度对峙你。

《君主论》告诉你的是这个世界的真实，映照到自身，怕不敢那么把自身也分裂开来。那些依着《君主论》成功的人，最终还会为自己的分裂而懊恼和偏执。堂而皇之的欺骗，理由满满的讹诈，最终的结果依旧是自我的分裂和痛苦。这个世界最大的公平，是他没有恶意针对谁；最大的缺点，同样是没有恶意针对谁。没有善意不代表就是恶意，没有恶意不代表就是善意，人生不是此岸和彼岸的遥望。

《法句经》里摘录数句，共思之。

"若常住于二法，婆罗门达彼岸；所有一切系缚，从彼智者而灭。

不观他人过，不观作不作，但观自身行，作也与未作。

由瑜伽生智，无瑜伽慧灭。了知此二道，及其得与失，当自努力行，增长于智慧。

无彼岸此岸，两岸悉皆无，离苦无系缚，是谓婆罗门。

前后与中间，彼无有一物，不着一物者，是谓婆罗门。"

因为"二"之不可抵挡，所以我们继续"二"下去。

你总是用别人的故事娱乐自己

我们渴望看到别人娱乐的故事，因为那样便会虚假地快乐许多。于是，你总是娱乐着别人的娱乐，无聊着自己的无聊，复制着别人的人生。

前些天看网页，突然发现娱乐版竟然在新闻、财经板块之后，体育都是跟随在后，至于读书板块那更是遥遥在后。就是新闻板块里，细细看来也是娱乐信息占了大半，或是充满娱乐的味道。娱乐是这个时代的主题，娱乐别人，被别人娱乐。

微博很热，微博热点更热。微博是个好东西，一个微博热点的死亡，跟热点是否值得关注无关，只跟出现新的热点有关系。新闻不可以娱乐，信息娱乐就充满戏谑。哪个人说过，我们因为热爱某件东西而摧毁热爱的，因为我们憎恶某些东西而被这个东西毁掉自己。娱乐至死，不仅仅是这个时代科技的进步，也是被娱乐自己的开始？被娱乐故事的开始？

愤怒时你不生气你就赢了，那娱乐呢？被娱乐呢？

娱乐别人成为你的快乐时，那你被娱乐的时候呢？生活不是故事，但娱乐一定充满刻意的情节。于是，娱乐成为别人的标注时，你的生活是不是也需要刻意地追随某个娱乐故事？某个刻意地编辑编写的剧本？没谁的人生是编排好的故事，但追随别人如戏的娱乐，什么时候成为你的追求了？

没谁想靠着标签界定自己，但在这个标签代表品质的时代，追随最可触摸的倒是一种潮流。娱乐是需要悲欢的，是需要惊喜的，是需要环环相扣却又跌宕起伏的，不刻意如何娱乐，没有噱头的清汤寡水，那一定跟娱乐无关。于是，你喜欢的人过着你以为的娱乐般的生活。你充满好奇和仰望，信誓旦旦地笃信自己必须如他般娱乐自己。

涤荡心灵一定是青藏高原无尽的天空和圣洁的海子，也必须要间杂些诵经和高原反应；邂逅偶遇，失恋宝地，一定是丽江四方街熙熙攘攘的人群和可以随时的搭讪，一杯酒、两杯茶的有姿有态；成功一定是可以炫耀、数字量化，生活的品质是一种品牌的累积，绝不是有滋有味地品味自己；人生必是经过众叛亲离，辗转反侧，绝地反击，游戏人生很难，被游戏的人生很容易；爱情是需要和背叛结合的，没有一点大叔控或是萝莉控，都不像设计好的愉悦，不够人生的丰富；家庭一定是经营的，婚姻一定是要死不情愿却又坚持努力的，婚外纠结那是必须的；周遭必是充满心计的宫廷穿越剧，也必是职场加草原的物竞天择。充满故事，却又似是而非，可以模仿的这个娱乐的时代，于是自己也被娱乐成了故事。

这是个没有信仰的时代，也是个有着很多虚假信仰的时代，譬如，有人视娱乐他人的人生为信仰。可是连娱乐都成了信仰的时候，你永远只能靠着别人的生活娱乐自己。

别的那些人看似充满娱乐的人生故事，为什么你要选择复制或翻拍？是因为那些娱乐得很经典，还是仅仅因为你恐惧做你自己？于是，你不捍卫你自己的人生，却去捍卫被别人娱乐过的故事。高人说，你拥有的是什么，你就是什么；俗人讲，你追求什么，你就是什么。那我们选择忘我，仅仅是因为自我的确立让我们更疲惫，更渴望逃避？于是我们不追求自己成为自己，所以我们做不了自己。

我们渴望看到别人娱乐的故事，因为那样便会虚假地快乐许多。于是，你总是娱乐着别人的娱乐，无聊着自己的无聊，复制着别人的人生。

师父说，不要去庙里才开始拜佛，因为那里是佛住的地方，不是你住的地方。你的人生也需要从你自己的当下做起吧，记忆是那个庙宇，佛是那个未来的渴望，只有当下的你才是你自己。

故事不痛苦，因为是演给你看的，因为你自己的恐惧和追求安全感，你才决定被娱乐、被故事。就算没有旁观者的鼓励和欣赏，起码你还可以把自己的生活当作一场演出，自己饶有兴趣地观看自己。知识让你自以为寂寞，智慧变身成自以为的孤独。寂寞尚可读懂，孤独就成了无字天书，无法注解。那些属于你的，却是已然被别人娱乐过的故事，充满了刻意、编排好的章节，因为知道情节甚至能背诵段落，你是不是越来越无法感觉到娱乐，越来越渴求新的娱乐故事？

不被娱乐，做一回自己？那会多么痛苦？

痛苦或自以为痛苦，想来绝大多数是因为你不愿承认你的责任，躲避而已。娱乐可以至死，那复制、粘贴别人的故事，就是一种捷径。只是你演到自己都要呕吐自己，复制到自己都无法忍受的时候，是无边的痛苦。那到底是过去的记忆让你痛苦，还是恐惧未来让你痛苦，还是无法逃避现在让你痛苦？

当下的你不会让你痛苦，而是你当下逃避自己的想法使你痛苦。你逃避痛苦的结果，也就顺带着逃避了爱，逃避了真正的快乐。其实你也明白，唯一能创造的生活就是你自己，不渴望被娱乐，也不去娱乐谁。你能创造这些，你就明白世界不需要了解，只需了解你自己即可。

被娱乐是一种复制和忘记自己，娱乐别人是一种逃避当下。只是学着复制别人的娱乐故事，那些故事永远是别人的故事。人生不是娱乐，娱乐人生不是信仰，也一定没有可以遵循的仪轨。只要你

开始复制别人的娱乐故事，你就永远被娱乐、被故事。

你能不能不复制、不遵循谁的故事，而是充满创造力？这个故事、这样的故事，看起来鲜活，也更有趣，只是简单的原因，因为你还是你。

第三章

享受属于自己的人生，
才能优雅地生活

他们总是那样，

前一秒还伤心地流着泪，

后一秒出现在朋友面前的时候，

已经满脸溢着灿烂的笑容。

有人说他们是向日葵，

是的，

他们在意的人就像是太阳，

在面对太阳的时候永远是明艳的花瓣，

而太阳照不到的背面，

那悲伤藏得那么好，

不愿被看见。

被优雅的人生

"你敢不敢享受你的人生",属于自己的人生,才谈得上是享受吧,才可能优雅吧。

优雅这个词,伴着人们逐渐富裕,开始变得铺天盖地。对优雅的关注和"优雅"这个词流行,类似于"温饱思淫欲""工欲善其事,必先利其器"。犹如明白钱是好东西之后,必然需要明白钱除了是钱,还可以带来什么。

只是,优雅到底是一种感觉,还是一种生活方式?是某些物质化的拥有,或是物质化的外在表现方式,还是一种可以遵循的流程、仪式,还是人的可评点性格、品质?

要达到怎样的条件才算优雅?是骨子里的还是流于形式的?是优雅的场合、优雅的物质、优雅的仪式、优雅的心情,还是心有灵犀、灵光乍现的感动,如沐春风?

原来与是哪个人群关系不大啊。

因着自己的行业，对于时尚潮流有着强迫性的关注。有本杂志《如何消费》（How To Spend It），优雅这个词在此出现的概率与奢侈品出现的频率交相辉映、不分伯仲。字字珠玑、美轮美奂之下的潜台词：如何消费而不是用不用消费，优雅是在你正确消费后的冉冉升起、款款而来、摇曳生姿。优雅的反义词是不优雅还是粗俗、低级？钱放在那儿就是低级的，就是粗俗的，用来消费就高级了那么一点点，再有选择的、选择正确的那就快到优雅了。

人生需要消费，世界用来被消费，于是，你需要被优雅。中文没有优雅这个词汇的传统，典雅、幽雅已算可循。"elegance"是个美妙的词汇，西风渐来的时候，优雅也就出现了，关于男人该是"犹之惠风，荏苒在衣"，对于女人该是"落花无言，人淡如菊"差强可喻吧。有老师告诉我，没事查一个词的近义词，就知道这个词原先要表明的东西，那优雅该是，有一点点乐趣奢华，一点点礼仪礼貌，一点点性格品位，一点点精纯改良，一点点荣耀骄傲，一点点慈悲恩泽……

原来和消费无关啊。

泰坦尼克上的四重奏，关乎尊严、关乎礼仪、关乎慈悲，想来是优雅的吧。

特丽莎修女牵着难民儿童的手，孩子眼睛的渴望与修女的无限慈悲，是优雅的；那个牵着弱智儿子的手，干干净净挺胸抬头走着的阿姨，是优雅的。

那个酒会上，端着矿泉水温暖静谧的人，是优雅的；那个正装严谨，喧闹里继续自己的课程的老师该是优雅的。

那个深夜站停在红灯前的车和人，是优雅的吧；那个西装革履的绅士，出了酒吧，街角耐心听完流浪歌手的一首歌，默默放下钱，是优雅的。

那个小书店的常客，淘换到喜欢的书籍，买后迫不及待坐在店里看的，也是优雅的。

那个能在你怒不可遏恶语相向，还能平实质朴地笑的人，是优雅的；那个在繁缛堂皇的设计里，敢于说"我要简洁"的那个人也是优雅的。

……

这是个被优雅的时代，LOGO 比时尚重要，时尚比品质重要。至于到了酒的年份影响你的心情的时候，茶壶决定你喝什么茶的时候，手表决定你穿什么衣服的时候，这个优雅是"被"动出来的。人生最大的悖论就是想要独立人格，却必须和这个社会的时尚接轨。不停说"我们""我们这个年纪""我们这一代"的时候，优雅大约已渐行渐远。

那正确看待自己、看待人生的感性态度；那看似与社会格格不入，却又相安无事，看似空洞却又充满能量的人，或许才是真正优雅的吧。

曾问师父，"如水人生"该如何啊？师父说，如水即不被谁不知道，也能安心地去做溪流、做江河，污也好、洁也好，会知道自己是水，是怎么来的。怕只怕，有些水做了露珠很晶莹，做了雪花很洁白，做了彩虹很美丽，做了雨很高傲地施舍，做了浇灌的水很沮丧，被洗了衣服、冲刷马桶就彻底沉沦，被结了冰就冷酷。而且对着其他的状态指指点点，永不和谐。记得自己是水，不要忘了在什么状态下都是水就好啦。太多的人，换个样子就以为自己不是水了。

忽然就想起，一次边远地区希望工程（类似）活动，请来几位教师。一位老师正襟危坐，不局促但紧绷，穿着法兰绒的格子衬衫，一套西服很合体，想来是有人装扮过他。面容坚毅，一丝不苟，会后随意地交流，沉默而努力笔直地站着，给每一个路过的人微笑。我问他，为什么不谈点什么。他说："我不会说话，我也听不懂他们的表扬和客套。""那你来干什么呢？"我逗他。他说了一句让我不会忘记的话：我来是告诉你们我是什么样的，我在做什么，做得怎么样。

前几天我们的宣传词，"你敢不敢享受你的人生"，属于自己的人生，才谈得上是享受吧，才可能优雅吧。

我们永远不知道自己有多幸运

老去是个时间的刻度，跟成熟、跟快乐无关，但跟幸福一定有关。

合欢开了，羽状的美丽，浅浅的香，夏天还是来了。

琉璃杯，山泉水，明前茶。绿茶在杯里的起落有度的唯美，雾霭淡然而萦绕如画，在舌尖的青涩，在肠腑的温润撩拨，是值得怀念的曾经。

琉璃的剔透的杯子，是咖啡女人送的。

咖啡女人，不曾想着四季和茶仙的喜好，咖啡有口味，可以调和混杂，但不纠结。茶很纯粹，容不得创想般的调和，却又泛滥各类的评点和因素，似了禅宗的悟，不如道家的修。爱茶的男人是仙，爱酒的男人是神，爱女人的男人是男人。清咖或许类茶，可是咖啡女人喜欢拿铁。

猫屎咖啡据说是极品，但给你一只猫、一包咖啡豆，喂猫，会不会得到你想要的口味？据说是网购的段子，这个段子蛮有禅意。但咖啡女人嘴上的信仰是上帝，心里的信仰是活着，和禅不会有什么联系。

不管是茶仙男还是咖啡女人，总尝试过让对方喜欢自己喜欢的，也很快地放弃让对方喜欢自己喜欢的。茶还是茶，咖啡还是咖啡。只是最终明白了，活着是一种勇气。

师父说，你没必要问你自己是谁，只要知道自己不是谁就好。咖啡女人喝咖啡的时候，茶仙男一定不在身旁；茶仙男品茶的时刻，可能是孤独的自我快乐。茶仙男和咖啡女人或许有什么事情发生，有什么秘密可以隐藏；也或许，共处的时空就是事情、就是秘密。没有开始就没有结束，每个人都这么想，其实人生不曾来过，只是即将离去，怀着戏谑的眼睛，这个世界还是很美丽的。

她说理会不了茶叶的苦后还有回甘，他说如咖啡一样，但因为喜欢她尝不到咖啡的苦，跟他喜欢茶的苦其实一个道理。没有谁愿意承认自己是自由的，因为那样所有的责任都要自己承担，宁可靠着依赖信仰或责怪别人。因为懂得这些，在他以为她不会离去的时候她决定离去，他或许也会在他没有决定离去的时候离去。

时光不会让人轻松，因为你不停地拾捡，不停地背负，不停地臆想。活着而不是活过，过去永远不是资本，未来永远不是荣誉，活着成了今生最大的悖论。不是永远不相交的轨道鬼使神差地交集了，是同路的那么多人，偶尔有两个醒来的人相视一笑。

离开只是她选择继续睡上一会儿，睡醒或许终点就到了，起码有个美梦，起码有个跟所处时光无关的梦。他选择继续醒着，直如云霄飞车，绝大多数人还是选择闭着眼睛尖叫，不愿意睁着眼睛惊恐。

老去是个时间的刻度，跟成熟、跟快乐无关，但跟幸福一定有关。幸福是放弃奢望后的点滴体验，对着生活说"yes"或"no"，都不纠结的时候，幸福也就悄然来了。

时间在咖啡女人和茶仙男，很相对论。偶尔很长，偶尔正常，偶尔很短。跟快乐无关，跟痛苦无关，笑和泪水跟茶、跟咖啡都没什么关联，松松紧紧的时光，如盘山的路，开车的看路，坐车的观景。人总是以为自己是生活的司机，于是在乎的是看路，在乎的是终点。其实真相是，坐车的人操心司机的事情，还不如看看景色，担心些危险，遥望远山与云的约会。

周遭的人抢啊抢啊抢，周遭的人去啊丢啊丢，因为想得到而失去的人太多了，因为以为拥有而彻底失去的人太多了，曾经拥有的就是"曾经"，不是"现在"。内容被形式迷惑着，不丢不捡的人总是被白眼着，谁都不曾拥有谁，拥有的仅仅是一段共处的时光。看着那些因为拥有得太多变得贫穷的人，她笑笑，他喝茶。

忍耐得了丑陋，才有权享受美丽，于是，"好吧，那就这样吧"，成了人生最奇妙的词汇。花开了，就让它开吧，毕竟夏天来了，没开，也别急着做什么。

圣人高高在上地检点你的缺失，仅仅是因为你昏迷着，保持自我的清醒，神就只好自娱自乐。**面对死亡还能微笑的是懂得生命的人**，在她离开的时候，他知道有多难。"我们永远不知道自己有多幸运，直到遇到更恶劣的情况为止。"

明前的茶，夏天是要喝完的，因为心境依然随着季节变换了。但茶仙男知道，生活真如茶，既需要小心翼翼地遵从仪轨，又要优雅地化身其中。咖啡女人也知道，咖啡的味道和静心有关，啜着咖啡，可以超脱于周遭的安静或繁杂，咖啡才是最好的味道。

没有闪电雷声的雨，在夏天里，有点山寨和草台班子的感觉。于是知道，虽然这个夏天怪怪的，但还是夏天，跟是否离开无关，跟是否活着有关。

你有病啊，
不把自己折腾成傻×你心不甘啊

"人不可怕，可怕的是你以为的人不是真实的，谁都不会是瞬间改变的。"你给一切事物，包括人，加上无数的标签，便于你下次更容易辨识。那你到底是在真相里，还是在记忆里，还是在标签里？

病了。

夏天的感冒让人开始怀疑这个季节有点戏谑。浑身的疼痛，有点知痛而不知哪里痛的感觉；持续的鼻涕，惹得眼泪汪汪，情深意切的；觉出脑袋在悠远缓缓地走，而不是如平常那般飞速运转，也总是感觉到多愁多思，却又不知道想什么的时候，这个病不简单，也不是很好玩了。

因着这个缓慢的思维和不知所以然的多愁多思，反而有点窃喜的感觉。

其实，窃喜自己病了一定是另一种病态。

不知什么时候起，每年总是会病上那么一回。于是，寻找到理由的我，恨不得新年伊始就病上一场，落得个一年清明爽朗，起码不会神经兮兮地等待生病，疑神疑鬼。所以，这场病来，依旧有点窃喜。虽然傻得可爱，但心安得可以。

就这，昨天被朋友胁迫着约谈喝茶。

满身的疼痛，一肚子的水饱有声，陷在沙发里，最好的铁观音。他倒是腰杆笔直地愁容满面。

"为什么我猜疑的事情和人，最终都如我猜疑的结果呢？"

"为什么我追寻的结果，达到的时候总是似是而非，有点别扭呢？"

"为什么总是有点小的幸运勾着我前进，没有大的幸运让我惊喜呢？"

"为什么热情没有让我成就什么，反而多了很多欲望呢？"

"人太可怕了，总是让我在最不防备的时候伤我最深！"

"我总是觉得被制约着，我想放下，我想出去转转。"

……

健康、成熟、强壮、有担当的他，忽然有点孩子般的无措和天真无邪。

"你猜疑的事情和人，是因为别人知道你的猜疑而变成那样的结果，还是因为你的头脑可以预判？"智慧是一种观察，不是一种决定。你在结果前认定结果，那不是思维，那是胁迫，特别是在你猜疑而别人知道你的猜疑的时候。你纠结的东西，你最终一定会实现它，欲望、恐惧、猜疑都如此。

你在用现在的状态看过去的决定，用过去的渴望判断今天的结果。你在过去的一刻和当下之间跳跃，还摒弃不了这中间产生的新的欲望与恐惧。不是因为达成你开始厌倦，是你因为达成而失忆，被新的欲望和恐惧造成你逃避般的失忆。

"幸运是因为你的慈悲还是因为你的祈祷？"人生不如意事十之八九，悲催的人纠结八九，快乐的人享受一二。偏偏你在纠结八九的时候，渴望一二。你已经定义你的生命是悲催的，那你还渴望一二是巨大的？

热情是态度，往往欲望才是让我们开始做一件事情的动力，欲望要的是结果和占有，也就派生无穷的恐惧。如果你仅仅把欲望当作热情，你就会发现，你因为琐碎的欲望而变得渺小，因为无穷的欲望而猜疑、猜忌自己的周遭，因为无休止的恐惧而选择卑劣地面对这个世界。

"人不可怕，可怕的是你以为的人不是真实的，谁都不会是瞬间改变的。"你给一切事物，包括人，加上无数的标签，便于你下次更容易辨识。那你到底是在真相里，还是在记忆里，还是在标签里？你会因为之前的喜好而厌恶某一类人，你也总是会因为喜爱某个人去厌恶其他的人。没有真相，没有观察，你被你自己欺骗了。

"佛讲，因为你想出去，所以那里多了一扇门。"其实这句话，有两层意思，一方面，只要你愿，世界会给你一扇门，一道光亮；另一方面，其实很多的牢笼是你有想法之后你自己找出来的。你需要记住，站在你对立面的永远是你自己，不是别的什么人或东西。

......

粗鄙，被写下的冠冕堂皇所美饰，也就离原始的生动十万八千里。刻意的文字，比随笔涂鸦矫情太多。

谁都放不下自己，因为你打生下来的欲望就是要让世界认同。富足的心，需要你的天真无邪。不是你执著的东西让你充满热情，不是你爱的东西让你充满爱。

自己偶尔也会 Hope sick，结果必然是 Hope solo。

我总在怀疑现在的人生不是我应当拥有的人生，于是另外一个自我跳出来，虽不妄图改变过去，但学会美梦我的未来。这个幻想有多离奇，就表明我对现实有多不满。自我用幻想让我更空虚，更厌倦，更恐惧。

老师说，为什么自然的美丽会让你无语，让你屏住呼吸？因为，你的自我知道，身体的反应和脑袋的思维在这一刻，没必要参与进来，可以让心感知美。忽然发现，能够生病，也是好的。

当你 Hope sick 或 Hope solo 的时候，我只想用最扎实、最直击内心、最有说服力、最显示我文字及语言功底的话大声说："你有病啊，不把你自己折腾成傻 × 你心不甘啊！"

你接受了阳光，就该接受影子

有了阳光就该会有影子，影子的产生由不得你，不管你是背对还是正对阳光。那个影子或长或短、或胖或瘦、或浓或淡，它不代表你的罪恶或肮脏，但却代表你的时间、地点、位置。

前些日子，有一晚差点失眠，几乎毁了我自记事起从未失眠的清誉和得意，想的问题倒是简单到极致。"如果你努力的目的是自我的满足，那自我内心满足了，面对目标达成后的倦怠和其他人的恶意攻讦，你该如何做？"翻来覆去，烟抽了不老少，茶喝得兴奋异常，纠结得不得了。

然后，突然明白"影子无尘"，翻身睡去了。

有了阳光就该会有影子，影子的产生由不得你，不管你是背对还是正对阳光。那个影子或长或短、或胖或瘦、或浓或淡，它不代表你的罪恶或肮脏，但却代表你的时间、地点、位置。至于什么其他场合的影子，对月、对灯、对烛什么的，我们不细究了。

你在这个时间到达这个地点，阳光就为你准备了影子，黑色的或是灰色的影子。于是，你开始怀疑阳光下，自己如何产生了这些黑色、灰色的东西，前一刻你还欣喜地感受阳光的温暖和灿烂，怎么回首一瞬，影子就黯淡了……甚至泥沙俱下，藏污纳垢。

　　这讨厌的影子到底要纠缠你多久啊！只要你在阳光下，站在这个地点，它就永远是之前一贯的模样。正如现在的我，在阳光下很是惬意地舒展了一下自己，毕竟走过了那么多路，别人退缩的时候，我在坚守；别人在判断的时候我在思考；别人看着现在的时候，我努力昂着头向着未来；别人饥渴的时候，我给他蔬果；别人在破坏的时候，我在构建；因为我知道，我会站在阳光下，那一时刻、那一天、那一个地点会阳光灿烂……或许只有我一个人知道。

　　可是，可是，有人说你的影子很肮脏，于是乎你也很肮脏，也同样的藏污纳垢，散发死亡的气息。是么，那个影子是谁造的？是你自己，是那个阳光灿烂的日子里那个灿烂的阳光。

　　其实从你渴望那个阳光灿烂的日子起，就该明白，**影子会在同一个时间、同一个地点出现，只是需要你到达阳光灿烂之下的时候，依然能够有面对阳光而不是背对阳光的勇气**。别人永远可以追究诘问影子的肮脏与诡异，但你需要面向阳光。如果背对阳光，那你就是跟他们一样误解了自己。

　　但"影子无尘"，影子从来没有肮脏过，只是阳光照到你的身上，你接受了阳光，你占有了阳光，你被阳光温暖，影子只好委屈地站在你的身后。影子没有沾染什么，没有带来什么，也不会带走什么。你接受了阳光，就该接受影子。站在山巅，站在绿地，站在沙滩，站在水边，那样的影子里，也会是快乐，也会是美丽，也会是纯洁，也会是生机。

那既然影子无尘，就尽情地伸展你自己，感受这个阳光灿烂的日子吧！

寄生在自我里的我

　　春天总是春天，喧闹也好，安静也好，吃土吃不成兵马俑，春雨润泽的也不单单是春天。那个寄生在"自我"里的"我"，总还是希望他能占有自己。

　　在南国的木棉燃情里，忘记了家乡沙尘给予的沙砾感的春天。躲避掉落的木棉花，有点躲避热情的味道。那座家乡古城的土，又该让人吃到千年的质感了吧。

　　桃花想来是遇不到了，柳绿的纱笼，涂染成桃花的背景。落英时节，枝头摇曳就会纷纷坠落，应景的风就会戏弄一下。于是，乱花没有迷人眼，倒是草色缀落英，有点小悲情的雅致。

　　城市边缘的山是看不到了，天空被沙尘渲染得有点天地同色。妖风夹着沙尘，妖怪不会来的，因为满街的人们都如蒙面大盗般地包裹自己，妖怪也会怕吧。于是只能怀想，记忆里春天的山、春天的天。偶尔觉得，想象的东西或许比现实的更美，就像春天，因为春天是纯属感觉的。河里的水未必有秋天般的涨满，却似乎活泼得更加有生气。所以，真怀疑这个脑袋觉出春天来了，是因着眼睛看到春天的气息了，所以臆想？还是身体真的感觉到了春天，有点被隐隐地唤醒？

在这一刻穿越的思索里，有点疑惑谁才是你？

美国人在探讨大脑移植的问题，大脑移植会有实现的一天吗？在移植之后，这个人算是被移植大脑的人呢，还是贡献大脑的人呢？"全民移植"的时代绝对不遥远，未必比"全民植树或读书"难。那大脑该是寄生在自己身体上的，换了身体，除了心理会有点障碍，不知道在意识被保留的情况下，你的性格和人生会不会变？

连大脑都是寄生的，我看这个"我"是越来越没的找寻了。这个时代，放眼世界都很中国，越缺乏的越嚷嚷，欲盖弥彰。西方思维自己混乱了，就来东方求，历史沉淀到压死活人的中国。同样，东方思维总是安逸得坐以论道了，急需在民主堆里和国民素质里，找些灵丹妙药。

大脑寄生在身体上，于是"自我"寄生在"我"上。身体和脑袋打架不少见，于是我们总是把欲望推给身体负担。自我需要宣泄，但却活在周遭的人的认识里。改变自己不难，试图改变别人心目里的自己，似乎很难。

自从兴了《盗墓笔记》，掘墓派成了主流，原来你过去也不干净，于是你对的错的，都是错的，尸身都被掘了，活生生的你也不怎么样。因为未来没指望，今天就掘自己的过去。反正，乌托邦我懒得想，但我一定知道什么是错的。问题就是答案，智慧是行动，不见得任谁都明镜。

朋友问："当你的梦想变得越来越遥远的时候，甚至遥不可及的时候，是坚守还是放弃？"原来，梦想是个目的地，是种收获，是种拥有，或是占有自己。人该如桃子，香艳诱人，人见人爱，倒也还保留一个坚实的内核；再不济，也该是颗荔枝，外壳不怎么样，有点丑冷，里面别有洞天，内核也还算坚实紧密；怕只怕，做了核桃，看似外表坚硬，破了壳，一大堆肥脑流肠，一点内容和坚守没有。你坚守的是自己，不是什么梦想。就像你的大脑寄生在身体上，于是你既要锻炼它又要伺候它，像极了自己的孩子。

人生是个占有自己、融入自己的过程。**你就是世界，身体和大脑互相寄生，这个"我"也就漂浮在"自我"里。你唯一的宿命，就是孑然一身，喜悦不是因为你找到谁，而是宿命孤独里的默契。**静心是个状态，冥想就变成随时随地的行动。慈悲高高在上的时候，就是施舍；慈悲平实地点拨自我，就是喜悦。

你看到的永远不是真实，因为所有的东西、所有的人离得都远。带着答案的人，比提出问题的人多。带着答案应对自己的世界，比带着问题轻松，但也痛苦。当"我不知道"代表"我知道"的时候，当因为"我是对的"，所以"你是错的"的时候，当明白"人一定是靠不住的"，但是"人性一定是靠得住的"的时候，其实寄生在"自我"里的"我"还呼吸着、跳动着，鲜活而清新。

这是一个到了卸妆等同易容的年代。于是，太多的淡定不是因为你活着，不是因为你的性格，是你热衷于杀死寄生在你"自我"里的"我"。迪士尼研究得到结论，手上的垃圾，你最多走30步就会扔掉，于是他们每隔30步就配置一个垃圾桶。而你，最先扔掉的一定是"我"，因为寄生在身体脑袋里的"我"，最没有意义，也最没有存在的必要，而且还有可能借尸还魂，弄得你不是你自己，无法纵容脑袋和身体。

这个时代励志和矫情同义，游戏与人生通感，欲望和占有相伴，梦想其实是一种拥有。如果一个创意，没有让你感到兴奋，那它一定不值得你投入精力和生命。同样，你的人生也类似。

春天总是春天，喧闹也好，安静也好，吃土吃不成兵马俑，春雨润泽的也不单单是春天。那个寄生在"自我"里的"我"，总还是希望他能占有自己。

温暖住，弥漫住，浸润住，喜悦住……

乔布斯咬过的苹果你就不要咬了，
找另外一只吧

苹果每日有，硬币随处见。乔布斯咬过的苹果你就不要咬了，找另外一只吧，还新鲜；硬币或许不便携带，叮叮当当，那就随时找个纸币的号码，给自己一个机会说"不"吧。

上帝接乔布斯走了，iQuit 令人遗憾地变成 iDead，也或许在另外的时空里，是另一种产品 iBorn。上帝一直拿苹果做隐喻，第三只被乔布斯咬了一口而已，就动静大到如此辉煌。

乔布斯信奉禅宗。禅学应在乔布斯身上，对于成功学来讲，禅是一种方法；对于"求知如渴，虚心若愚"来讲，禅是一种静心与找寻自我；到了团队引领，禅成了和谐，精英组成的团队通常不是精英团队，及至苹果，似乎被颠覆到和谐的境界。虔诚于自己的内心，才可以热爱自己的创意思维，顿悟是时空的起点，生命需要忠诚地坚守。死亡是生命最伟大的发明，倒是应了乔布斯在斯坦福大学的演讲，"死亡是我们共同的终点，没有人逃得过。这是注定的，因为死亡可能是生命中最棒的发明，是生命交替的媒介，送走老人们，给新生代开出道路。现在你们是新生代，但是不久的将来，你们也会逐渐变老，被送出人生的舞台。抱歉讲得这么戏剧化，但是这是真的"……至于简单其实最难，但也最有力，这个禅宗思维随处可见的机锋，在产品里的体现，不一而论。

时势造不了英雄，但一定能够产生创意思维。但被时代湮灭的创意比比皆是，为什么坚守的乔布斯就如圣灵般地被人追捧？或许时势造英雄，造的就是坚守的创意思维吧。否定之否定，能不能成为肯定，不在于你的忙碌，坚守才会让你过去的片段串成珍珠项链，先知与预知，至少在乔布斯身上应验的不是先知的能力，而是坚守的能力。

真正的改变，是坚守自己的思维。永不停歇，不是为了跑得比别人快，只是更好地了解自己。乔布斯热爱，甚至是狂热地热爱他的事业。他偏执，暴躁，压迫团队的头脑，绝不认错，也一遍遍地否定自我，但他永不怀疑自己坚守的创意思维。他创造生活方式，认定产品是人类生活的一部分，不单单是一种工具，然后在坎坷里辗转腾挪……但因着了解自己，他才可能坚守。

只要上帝在一日，他就总在种苹果树，因为欲望是他传播福音的凭借。第三只苹果走了，第四只苹果也就该诞生了，甚至每分每秒都有苹果从天而降，只是太多人把苹果放置腐烂或做了苹果酱，或者根本不认识那是一只苹果。坚守创意思维，否定看似理所应当的东西，第四只苹果或许就在你手里。

"我每天早晨都对着镜子扪心自问，假如今天是我生命中的最后一天，我还会去做今天要做的事吗？"乔布斯在斯坦福大学毕业典礼上另外的一段话，"如果一连许多天我的回答都是'不'，我知道自己应该有所改变了。"

这让我想起一个朋友。他的钱包里有枚精美的硬币，我问他做什么用，他说，当他对一件事情犹豫不决的时候，总是靠着抛硬币决定。我惊诧于他的唯心和行运天注定，就问："如果抛出的硬币你感觉并不是你想要的，怎么办？"他说，那就不理硬币的结果。那他要硬币做什么？

"我只想听见我的内心说'不'。"

硬币永远有两面，就像这个世界永远不会对你情有独钟一样。但你永远有一枚硬币，那个硬币上写着"不"。说"是"永远比说"不"容易，连舌头和嘴唇都轻松很多，何况是脑袋思维。

忠诚于自己的内心，是乔布斯的禅给予很多人的认识。但忠诚自己的内心，不是顺遂内心，而是有更多的机会说出"不"。心理暗示也好，生命最后一天也好，硬币的两面也好，甚至卜上一卦也好，星座八字也成，最后的需要，只是一个"不"字。

太多的成功可以借鉴，太多的信息可以总结，太多的技巧可以学习，太多的道路可以选择，太多的思想熠熠生辉，太多的导师值得敬仰、奉若神明，但最怕的是，太多的东西是别人告诉你的。被别人的"是"牵着手走，让自己的"不"彻底死去。

活着到底是每分每秒累计，还是忠诚于自己的内心才算是活着、活过？

苹果每日有，硬币随处见。乔布斯咬过的苹果你就不要咬了，找另外一只吧，还新鲜；硬币或许不便携带，丁丁当当，那就随时找个纸币的号码，给自己一个机会说"不"吧。

牵绊自己的有时不是爱情，
更多的是一种习惯

对于世界，我们是匆匆过客。对于我们自身，青春是匆匆过客。你何曾拥有爱情，只是与爱情曾经同路而已。

二月的阳光，有点恍惚，温暖和料峭交互着，衣服的增减，由着内心的渴望，或是想让谁看到。

二月因着情人节，忽而就充实起来。满眼的爱情，鲜花、巧克力、奢侈品等应有尽有，只是及至今日，爱情已死，爱过多的点缀让原本质朴的爱情失去了最初的那份动人。

爱情该是优雅的，才子佳人、七仙女董永、灰姑娘王子、魂断蓝桥、廊桥遗梦。故事很美妙，故事里门当户对跟爱情无关，写出的、唱出的都是意淫着自己的经历，幻化出美丽的思想。爱情是看来的、听来的，不是现实的，于是很可惜，故事里的爱情多是佳偶天成，看自那些生旦净末，或是读自书香扰人，再加些道听途说的故事情节。只落得看的、听的人，没事只好感叹自身的不济和凄凉，故事里的爱情总是伟大得让人血脉偾张，辗转反侧。

在如今，优雅是个形式大于内容的东西，啜着红酒，奏着小提琴，就是乳沟深深也目不斜视，就是钻戒大大，也还是揣在怀里保险。这是现代人优雅的爱情。

王子，必须是骑着白马的，就算步行，也该历尽千难万险，伤痕累累才对。公主，必是柔情似水、纯洁无比的，一个吻就能让她昏过去或是醒过来。情书一定要绵绵，情话一定要绵绵。这个形式一定要走，否则就不够优雅。只是你把爱情功利了，爱情同样把你现实化了。

现代社会的爱情和出轨，无非是果农和下山摘桃子人之间的战争，桃子熟了自有人来摘，下山就想摘桃子的，无非是桃子可口，伸手拿来；果农自是不愿意，我辛辛苦苦朝夕劳作，苦脸黑面的，凭什么呢？岂不知，都是因着桃子好吃或价格适宜，跟爱情无关。

爱情里有许多角色。

书读多了，自己成了才子佳人；戏看多了，自己也就幻化了形象。今天自己是林黛玉，明天是潘金莲，后天简·爱，大后天就是李师师，全神附体，这还算是读书读史；真到了偶像剧上演，哪个美女角色、励志柔美的角色都有我的身影，满大街都是完美的爱情角色，现代社会真是幸福。

自己励自己的志还好，怕就怕狗血地励志自己的爱情，及至励志自己的爱情对象。这时候，爱情就是标准测评，一个标准的测评数据，一个变换无穷的盒子，没有一些闪转腾挪千机变的本事，还真难应付。

爱情有时是个艺术品。要不人们怎么会披荆斩棘、流血流汗也誓将其拿下。不得到那是不行的，消得伊人憔悴都是值得的。既然是艺术品，那就要炫耀，就要展示，就要为我所有。其实，有时不是真的想要拥有而是渴望拥有的欲望过于强烈。最终，爱情成了拥有与被拥有的游戏。

爱情是种习惯。"再见"比说"我爱你"难，**牵绊自己的有时不是爱情，更多的是一种习惯。对于世界，我们是匆匆过客。对于我们自身，青春是匆匆过客。你何曾拥有爱情，只是与爱情曾经同路而已。**

爱情不是百米赛跑的奖杯，需要你玩命或战胜谁。爱情与你同路的时候，不需要玩命，不需要战胜谁。所有的爱情最终结局不过两种，要么破茧成蝶，要么胎死腹中。

爱情什么都不是，爱情就是爱情。或许只因着经历，或许只因着现在，或许只因着未来，或许只因着欲望，或许只因着现实，或许只因着理想，或许只因着梦想，或许只因为我们是一样的，或许只因为我们太不一样……任何的一点都可以是爱情，也或许任何一点都不能成为爱情。最不济的爱情哪怕是因着身体的欲望，再其次因为脑袋的共鸣也不错，最好因为心而存在。

死亡在你活着活着的时候就来了，爱情也一样。爱情是我们曾经同路，或许爱情死在我们死亡前；或许破茧成蝶成为生命的一部分，呼吸的一部分；或许走着走着走远了，连再见也无从说起。

对于已死或注定死亡的东西，你说的每一句话，不是她的墓志铭，是你自己的墓志铭。爱情已死，有事请刻墓志铭。

胜利不会自己走来，所以你只能走向它

　　暮色起来了，但却没有宁静下来，归家的人，归窝的鸟，匆匆又匆匆。月亮驱赶走了太阳，遥远地相对，树也渐渐退入黑暗里。

　　河在这里转了弯，北方的河，总是虚张声势，河道很宽，却几乎四季都裸露着河床，水流缓得似乎不流动似的，不是委婉，就是有点木呆呆的。

　　一棵树，好大的一棵，就在转弯的岸上，蓬盖张扬，好远就能看到。因为是城市的边缘，于是很多被遗弃的狗狗，便以此为据点聚会。河道的死水微澜，拥有者是钓鱼的和一些叫不上名字的水鸟，钓鱼的不在鱼，鸟儿却目的明确地寻找吃的，偶尔的鸣叫很是清丽。

　　道路上来往的，是冬天的风。工程车的来来往往，反倒成了点缀，轰隆隆过去了，土扬起来，竟很安静的感觉。城市不需要麦田，冬天，就没什么是绿的了，但蓬蓬的草，干干的树枝，使得冬的剪影也很索然，河里的雾气爬上来，润润的黑黄，有点想要活过来的样子。

这个冬天的雪还是无踪影，有点病恹恹的，不知道春天还能来不？不正常的季节，让你怀疑下一个正常的季节是否如约。

这样的景致使我不由得开始思索与人生相关的事情。

经历是一种成长还是一种衰老？经常讲"可以寄情，不可寄物"。由此推而广之，你可以仇恨一个人，不能否定他的一切，寄物的人不会看到事物的优点缺点，一味否定。同样，"昨日的成功，导致今日的失败"。这句话念叨多了，反而面对一次次的往复，太多的人以为重复昨天做的今天一定能成功。比照着昨日的他的所作所为，鼓捣今天你的蝇营狗苟。即如朋友说的一句话："喜欢的反义词不是仇恨，是无视。"虽然朋友人不哲理，但这话很师表。但可惜，"小楼昨夜又东风"，一个"又"，还是陷入了非此即彼的缠斗，像极了市井的泼妇，气势很足，语言丰富，肢体活跃。时间的意义就在对骂，不在为了什么。哪怕仅为，昨夜的洗脚水毁了对方隔夜的豆腐。

生死是随时的，解脱也就是随时的。解脱变成抚慰的话，你出错的理由一定是因为别人。这个世上，**不知道自己错的人真的很少，但拿错误掩盖错误的人也真多。**但没几个人明白，人生不停增加沉没成本只会让你死得更快。太多的人，比镜子里的你更猥琐和更相信宿命。你絮絮叨叨找理由说明自己，围观的别人轻描淡写扮扮同情。直如一场好戏上演、好歌开唱，锣鼓之外的指指点点笑意盎然，像极了精神病医院的过道，看的、演的都有问题。

　　骑虎被虎骑的很多，于是画饼给人被饼砸死的也很多：自己给自己画，别人给自己画，你给别人画。饼被吃了，便不会落下来砸死画饼的人。跟过去的自己比较，而不是没事拿自己跟别人比较。太多的人看似只相信自己，真说起来，反倒是彻底不相信自己才对。你真要相信自己，难倒会不相信别人？只是因为你没有判断别人的语言行为的能力，于是你选择相信自己，那你能确认，你有能力判断你自己的语言行为？

　　学习现在成了最难的事情，因为你心目中的你很完美。"不赋，不比，直接兴。"你在努力学习成为你心目中的你，于是到头来，最美的最完美的一定是自己。于是未来你听到的语言，你自己的语言，和你对听到的或是自己的语言自以为的分析，都是证明你是多么优秀、多么完美。杂乱的结果，让你不明白是你的思维还是真正的现实，谁更接近现实。甚至，你编造一些让自己相信的语言，有意识传播出去，再反弹回来，然后笃定地信任这个刻意完美的自己。你要的不是真实，而是能说服自己的真实。

　　"胜利不会自己走来，所以你只能走向它。"偏有了些神人，认为成功是狭路相逢撞了他。终于，成功是我的，利益是我的，成就是我的，我不会去和与我无关的人比较成功，我只会和我周遭的人对比优劣。像极了网络世界，用户界面没有做好，用户交互必须做好。一个企业、一个团队，利益不分享有不分享的方式，利益分享有分享的逻辑。但千万别走在摇摆不定的境地，走在中间的就是紫砂冲泡了龙井，既闷熟了好茶，又糟蹋了紫砂的清誉。

暮色起来了，但却没有宁静下来，归家的人，归窝的鸟，匆匆又匆匆。月亮驱赶走了太阳，遥远地相对，树也渐渐退入黑暗里。

现在的自己，善良还够，无谓的努力虽然很多，但有些还是必须的；书读得够，伺候身体脑袋还够；坚守够，找一些理由要求自己坚守，所以骗自己骗得成功还够；坚守够，呆若木鸡还够；为了和谐，装傻充愣还够，懂得保护自己的内心还够；修行够，寻找喜悦的勇气还够；活在当下够，解脱与智慧还够。

幸而没有，收获一个比自己更差的自己。

责难多于夸奖，
我们就该抬头看看方向

坎坷让弱者失败，成功让强者灭亡。偶尔的坎坷，变故，不顺遂，倒是让我们知道我们是谁，在做什么，是否会做好；风正一帆悬的时刻，倒是该警觉这样的顺风顺水到底隐藏着什么隐患。

总是披着个沉静、稳定的外表，时间久了，就不停地接受别人的问询，如何至此？值得分享的经验不多，偶尔想想，也不过一两点吧。

当你正确地知道事情时，答案自然出现在那里。审慎思维一直是很多人推崇的，于是乎脑子转个不停，搜肠刮肚，千回百转，臆想连篇，没有头绪只有思考，没有结果只有假设，似乎只有这样才能真正找出解决问题的方式。但于是乎，你只落得两个结果，一是最后你一定把事情必然归结为人的问题，似乎人的千变万化无从解释，也无从把握，惴惴乎，世人皆反复，小人居多，于是才造成现在问题的出现和无法解决；二是太过思考，凭空多出了无穷的可能的结果，想来自然不是担忧到忧郁症、心律不齐，就是懒得管、懒得再想，直到没有行动，只会逃避问题。

但是，你敢于问自己，你真的了解这件事吗？有多少是你臆想的结果，有多少是你遵循了别人的认知，有多少单方面的回馈，有多少因素没有考虑，又有多少因素你考虑得过度？事情没有什么基因突变，人没有多少精神失常，于是乎人做事，也没有那么多匪夷所思。惊愕多来自你不知道，或者你以为你知道。

许多时候，太多的人呼天抢地、猛砸自己的脑袋："事情为什么是这样！"其实事情本来就是这样，事情必然是这样。如何正确地知道事情、明白答案在问题里，而不是错误地知道，你就不至于鼻涕眼泪一大把了。环境决定思维（现在所处的环境决定了现在的思维），时间决定状态（过去的经历决定了现在的状态），方向决定结果（努力的方向或是期望的方向决定了现在的结果），关系决定权重（周遭的人际关系决定了影响结果的权重），信息决定数量（决定结果的人掌握信息量的多少直接决定了结果的出现），位置决定行为（决定结果的人在周遭环境下的自我位置认同决定了采取的行为），期望决定言语（期望得到什么样的结果决定了使用什么语言）。这样，正确地知道了事情，答案似乎显而易见吧！

当然，一群聪明的人与一群盲从的人，仅一步之遥。即如学佛常言，向佛缓进，也比背佛精进有天地区隔。一个正向的人处在正向的环境，一个负向的人处在正向的环境，一个正向的人处在负向的环境，一个负向的人处在负向的环境。功过之间另当别论。

坎坷到底意味着什么？曾经与师父一起去拜寺，路上搭坐乡间的农车，乡路不仅崎岖，而且坑洼，烦恼由上心来。师父说，你不觉得这样你才明白自己在去哪里的路上，速度有多快，何时能到，自己到底能不能坚持住，会不会走神？

譬如，很多企业不是稳定死的，而是发展死的，但很多人不能够明白。及至个人，一帆风顺地摔倒及至死亡，倒是应着坊间闲言碎语的"天若让其亡，必先让其狂"，顺遂高速地发展，至如高速公路上的开车，一骑绝尘、惨祸频发。速度产生欲望，欲望消减专注；速度造成不自知，外面似乎很慢，里边似乎很和谐，其实早已超越自身极限。再加点派生的景色，欲望肆虐，喜怒无常。

坎坷让弱者失败，成功让强者灭亡。偶尔的坎坷，变故，不顺遂，倒是让我们知道我们是谁，在做什么，是否会做好；风正一帆悬的时刻，倒是该警觉这样的顺风顺水到底隐藏着什么隐患。当夸奖多于责难，我们就该内省了；当责难多于夸奖，我们就该抬头看看方向。

在顺境的警醒，与在逆境坎坷里的自查，清明人生也会容易些吧！

生活是苦的，但该有它原本的甜蜜

常有人说，不去雪山寒水间留恋驻足，只在四方街踯躅的，都是不怀好意的人。但，可以让我沉醉的四方街的半糖，可以让我更加清醒的伏特加，总还值得我为之牵绊。

四方街

"先有四方街，后有丽江城。"

青砖灰瓦彩石地，凭空的肃穆。土司耀武扬威、殚精竭虑的时候，这里的熙攘想来总是有威仪罩着，谨小慎微吧。没有了层峦叠嶂的旧屋子，人们在远山的剪影里，蓝天上白云游走中，代代传着活着，偶尔想想外面的世界。

四方街不四方。现如今，四方街是游客们的丽江签到处，热闹从清晨开始，人群像变身的蚁群被扔到广场上，喧嚣爆炸般散开，然后流向丽江的各个街道，只有河水如旧的安静。间或有些仪式般的表演和各类民族的舞蹈音乐秀，围观的和表演的都尽职尽责，彼此代入着、混杂着，既不穿越也不隔世。

及至晚了，人们不再那么有序地流。彼此慢下来，穿插着，没了喧嚣，都游魂野鬼般溜达。酒吧什么的音乐千奇百怪地透出来，搅在一起，喝多的时候，不敢动脑袋分辨，否则容易头晕。月光清冷，抵不过河里的灯光，琼楼玉宇俱澄澈，也就俱虚假。

半糖

"Deep Spring"是个酒吧，却卖咖啡。明清调子的屋子，木扇窗棂，原木的桌椅，光溜却感觉粗糙。木地板吱呀呀地响，一点原生态都没有，直如城里姑娘扮村姑，道具够了，妆化得有点过，毁人毁感觉。

在四方街，我只喝伏特加和咖啡。啤酒轻薄、茶水复古，四方街里，伏特加让你更清醒，倒是咖啡让我迷离。伏特加烧得自己有点五迷三道，却清醒异常的时候，我总是要两杯咖啡，半糖的。出门去找四方街街角的流浪歌手。

流浪歌手不悲催，唱着快乐的歌，他不拿着民族或是悲伤唬人，有词有调淡然不忧伤。丽江是属于失意和艳遇的，故作姿态才能有料，于是没人喜欢，所以只有我喜欢。他唱歌的时候，我看蹲踞的远山，看银河慢慢地流，啜着咖啡。等着他歇了，一口喝完，总会看着我，咂吧着嘴，例行公事地问：半糖的？我就笑，他就摇头。每天都有，还冤大头似的，嫌我光给咖啡不给钱？

然后就有点恍惚要醉的感觉。箕坐在流浪歌手身边，要他弹我能和的曲子。被我一次次打断后，就剩了"朋友别哭"，还能彼此忍受，哼完皆大欢喜。我继续进去灌伏特加，他继续等伯乐，虽然永远没戏。我走早的时候，会给他一杯纸杯的咖啡，他走早的时候会进来招呼。

四方街 + 半糖

生活如忙碌的四方街，活着就剩下半糖。 24 小时的忙碌，就算人烟散尽，悄无声息，四方街也是随时待客，随时准备做生意。谁关注过四方街的凌晨？偶尔招牌霓虹亮着，偶尔的醉酒的人，雾气在河里泛着，爬上街面，石头路润得出水，却一点静谧的感觉没有，仍是隐隐地蠢蠢欲动。

四方街如这个生活，没人是不带着目的去四方街的，哪怕那些觉得人生没有意义的人，可惜最后都变成了欲望。也没有谁不带着目的去生活的，同样最后也都变成了欲望，反而麻木了自己。

如这个歌手，爱着音乐，执著着自己的执著，每天的唱，每天的歌，不停地写，淡然而快乐。可突然觉得自己唱得不错，写得不错，为什么不让更多的人爱我呢？我不花俏我不流行，我不迎合这个四方街。我应该成功啊，哪天我才会成功呢？

可终于哪一天明白，我是爱音乐的啊，我是因为爱音乐才歌唱，为什么变成要成功我才坚持歌唱呢？那个朋友没有给我扔钱，而是给我一杯半糖的咖啡，因为音乐他醉了，还是因为这个半糖的咖啡？

而我，在伏特加里清醒，在半糖咖啡里沉醉，不应景、不顺势，于是半糖的刚刚好。谁生活的苦都是属于他的，像咖啡总该是苦的，让咖啡品质更好些，甚至还需要一点酸。半糖总让我明白，生活本来是什么样，同样也可以有些回味的甜蜜。真到了醉时没有学会清醒，醒着没有知道品味半糖，活着不易、醒着痛苦的地步，也不过是四方街上游荡的孤魂野鬼罢了。

四方街的半糖

四方街的半糖咖啡，让人沉醉。喝酒越来越清醒，不是一种好玩的事情，身体翻江倒海，大脑孑然独立。即如我们的人生，欲望和占有，折腾得我们形容枯槁，我们却乐此不疲。买醉才能面对这个世界，卖笑才能忍受自己，于是喝不喝都要醉一下，这样的日子更好挨过去。

四方街八百年，四方街美丽而无错。至于你把四方街当作了邂逅、圣地、欲望、猎奇、占有、逃避、涤荡，等等，跟四方街无关。于是你的人生，也如这个四方街，取你所需的，也就注定麻木而纠结，最后急匆匆地奔离或是装作沉醉盘桓其间。

倒不如啜着咖啡，在微苦里享受一丝丝甜蜜。微苦的平静，小口地啜，温暖而清澈，层次丰富而内涵清晰，苦、酸、甜、温度，随时变化却又宗旨明确。或许这样，人生也就可以试着在半糖的咖啡里沉醉。

常有人说，不去雪山寒水间留恋驻足，只在四方街踯躅的，都是不怀好意的人。但，可以让我沉醉的四方街的半糖，可以让我更加清醒的伏特加，总还值得我为之牵绊。

第四章

面对自己，就是面对初心

人世间的幸福原是极其简单的，

可是人们偏要去别处寻找，

结果生活越来越复杂，

也越来越不快乐。

在我看来，

一个人若能做自己喜欢的事，

并靠这养活自己，

同时能和自己喜欢的人在一起，

并且使他们也感到快乐，

即是幸福。

幸福是时间里的当下，
不可求、不可夺、不可寻

幸福是个美妙而又让人纠结的词，幸福这个东西有没有不知道，反正，词语一出，石破天惊，痴男怨女，芸芸众生就开始了各类跋涉和自我救赎，穷其一生甚而世世代代去寻找。于是，捕获、劫掠、找到、拥有、分享，都有可能得到幸福吧。

幸福是个美妙而又让人纠结的词，幸福这个东西有没有不知道，反正，词语一出，石破天惊，痴男怨女，芸芸众生就开始了各类跋涉和自我救赎，穷其一生甚而世世代代去寻找。于是，捕获、劫掠、找到、拥有、分享，都有可能得到幸福吧。

语言是个奇妙的东西，因为起码不能词不达意，古人的智慧总是简单而直接，反而少了现代人的纠结。查查字典，原来"幸福"，"幸"者偶然，"福"者一切顺利。至于到了英文，Happiness，跟快乐有关；再深究些，拉丁语，beatitudinem，似乎倒是跟美丽有些关系。

幸福源于比较吗？比周边的人活得好，就觉得开心？就幸福感满满？居高临下，睥睨众生，总是有点幸福感和骄傲感。一点点的高度和差异，总被自我幻化成天壤之别，那样的幸福似乎有点依据，但也被你无限放大得可以。但为了那一点点的差异和优越，你却付出更多的纠结和忧郁，幸福成了某种赛场，永无胜者而已。

幸福需要想象吧。咱不比别人强，但一定要有能够臆想幸福的能力。譬如，我没钱但我安逸，不像别人那么奔命；我没有事业，但我身心休闲，不像那些人那么纠结。阿Q，注定是幸福的，祖上富过，贵族气息，传承可续，进退有度，幸福能在思想、臆想里了，自然似乎也在生活里了。

幸福是自由的吗？这个世界的自由，早被扼杀。思想的自由都被鞭笞愚化，斩草除根，何况身体生活？于是自由变成一种幻想，幸福也就虚无缥缈。向着自由进发，必定坎坷异常，那哪来的幸福感呢？因为拥有目标和梦想就是幸福？那我坐在这里即可吧，反正自由难寻，定个目标就是幸福吗，白日梦就可以幸福吗？

幸福该是梦想吧。有梦想的人都是幸福的，有梦想的人也是不停自己折腾自己的。梦想甜蜜，幸福值得，但为了达到达成，其路崎岖，其山险恶，其水滔滔，其风凛冽。再多些把关的小鬼、巡山的恶魔，最怕心魔魅惑。苦自苦矣，顺利那是没有，坎坷成为享受，梦想总是在不远的前方。追求梦想的人，人生总是往返于无聊、痛苦之间，梦想永远达不到和似乎即时到达。总是让人不知所以然，幸福不起来。这个有梦想的幸福，真的让人纠结转侧，徒生抑郁。

善良的人是幸福的吧。积善成德，积德成仁，仁都仁了，必然无敌。无敌者孤独，但孤独到无敌，起码看起来幸福。但善良的人儿，总是感春悲秋，一点点的不平就让人义愤填膺，心胸起伏。看不到恶的人快乐，还是沉浸在恶里的人快乐？还是那些善良被恶昭彰的人快乐？

爱是幸福吗？爱就是爱，似乎跟幸福无关，被人牵挂或是牵挂别人，总是感觉责任，幸福在哪儿呢？同路的快乐也好，悲伤也好，自己幻化感觉出来的东西居多，于是幸福产生了，爱没有了。谁告诉你，爱一定是快乐的？一定是幸福的？一定是美丽的？一定是顺利的？不辗转的不是爱，不撕心裂肺的不是爱，不以苦为乐的不是爱，不付尽心血的不是爱……于是爱也被各类的体无完肤搞成"不幸福"。

幸福的人中庸？平衡来自静心，静心来自当下，当下来自喜悦。这个喜悦跟幸福似乎就沾点边了。中庸不是站队，也不是取舍，该是两个极端都了解后的选择吧。两个极端的东西，在内心先被强制消化，消化液要强劲，胃容量要庞大，取舍不难，消化很难。风光看尽的静心，与青灯古佛的苦修，达成得似乎一样，也是天地殊异的状况。这个中庸也未必幸福吧？

天堂必然幸福吗？天堂到底是最后的归宿，还是我当下的信念？天堂的门不在最后的审判时打开，总是在你的当下开门、闭门。看着你的行进和努力，一呼一吸之间天堂、地狱之门随时打开。人生最大的财富和最大的贫穷就是你的年纪，你何曾来过，但你注定离开。

在你身边天堂的门，开开合合，幸福若隐若现。及至只是等着死亡前，审判来临时被选择飞升天堂还是堕落地狱，这个幸福也真假得可以。

不再轮回就是幸福？涅槃不如拈花一笑，轮回直如积木重组，做猪、做树、做人，是运气也是修行。脱了轮回，也就无所谓幸福，就像一个目标之后没有新的目标，当下之后没有当下，慈悲之后没有慈悲，万法一法，大同之外皆是喜悦。那还要幸福作甚？活脱脱一个南辕北辙。

幸福是一种尊严吧。苟且与妥协无处不在，慈悲与杀戮时时刻刻，尊严早就是一种虚无缥缈的鲜果。千年开花、千年结果、千年成熟，吃一口长生不老得道升仙，玉宇皆澄澈。尊严是别人的施舍和给予，那永远难寻而苦涩；尊严是自己的毕生追求，于是修炼得百转肠断，形骨萧索；尊严像一种运气，可遇而不可求。尊严成为一种运气的时候，这个幸福就有点捉摸不定了。

幸福需要鉴赏吧。春天来得公平，美丽却因为你是否在意而高下立现。善于发现探究的，春总是喧闹而热烈；忙于低头看路、抬头看天的，蝇营狗苟的，春天总是来去匆匆，或是无关紧要。以至于，你总能看到鲜花下的牛粪，蝴蝶后的蛹，担心鸟鸣后的猎枪，水至清后的溺毙，那个还真的没法美丽起来。没有这个敏锐和鉴赏，幸福就算在那里，你又如何感知得到？

于是……于是……幸福……是一种运气。

不可求、不可夺、不可寻，幸福是一种运气。

抢不走、夺不走、属于你、属于你的心，幸福是一种尊严。

不因时间流逝而消亡，不因你的消失而残缺，幸福是时间里的当下。

那些与你共度过的人，
都值得你去珍惜

　　那一个在你冥想中，离你而去又辗转回来的自我，或许知晓自己的孤独宿命，才去拼命寻找相遇的珍惜。

　　室内一盆桂花开了，对面人家的阳台上也有一盆在开。是约好的？还是巧合？

　　秋因着桂花开，才像极了秋天。桂花总是悠悠地晃入你的思绪，有点警醒般地沁入，离近了反而不得其美妙。于是想，我嗅到的该是对面那盆花的美丽，而对面主人嗅到的许是我这盆的安静。忽然觉得亲切，对面那盆花的主人。

　　四十了，夏末秋初，花开将满未满。

　　不惑是因为不再奢望未来，还是因为清点过去知晓了未来？

　　不知什么时候，信仰成了羞于提起的词汇。信仰是一种目标要达成，还是一个结果要明示？你什么境界也达不成，但只要你能不断地学习，这也是生命的一种美。人生不是跳格子，从一个框里跳到另一个框里；人生是年轮，一步步地扩大，虽有拘囿，但在一圈圈地成长。渴望自己聪慧，于是努力学习技巧，却也失了最初的纯真。

美丽来自整体，花就是花，跟它的名字，跟它像什么无关。如果你非要纠结它的名字，纠结它像什么，美丽的感觉也就消失了。

人生最大的懒惰是不愿了解自己，人生最大的愚蠢是时刻揣测别人！

你是因为爱和慈悲，才恐惧和痛苦；还是因为恐惧和痛苦，而产生慈悲和爱？暴力的欲望与爱的分界线是什么呢？区别很简单，是创造还是攫取，是交换还是占有。你享受这个环境，同样被环境享用；你破坏你的周遭，你也将被环境所毁灭。世界唯一的真相就是，属于你的世界就是你自己本身。爱不是创造来的，该是一种能力吧。遇到了才爱，走了就无爱，那爱和她有关，和你有什么关系呢？

内心的记忆被你分类归档，建立各个空间。空间总是被你安上各类密码，有的用来保证安全，有的为了便于贴上标签易于存取，有些仅仅是为了储藏，有些已然满溢了，有些却还空空如也。你每天开门关门，把很多东西拒之门外或搬来搬去，于是永远没有真正新的东西进来，新的也被你标签为旧的。你早已不能全然接受新的事物，放在房间里的是被你砍伐切削贴上标签的东西。

你会不会是那一只不愿破茧成蝶的蛹？毛毛虫时代已然过去，各类的柔弱、易伤、丑陋、无力反抗、随处躲藏、拿着外表的艳丽虚张声势、只记得吃啊吃的时光过去，织了一个避风的港湾，努力强大不是为了坚强，是为了等待蜕变。但当寻到避难所时，你是不是已然界定避难所外是一片荒芜？会不会连蝴蝶也不愿做了，未来的美丽没有现实的安全更让你享受？

开过山路吧。太多坐车的人因着险峻而紧张，但作为司机的你永远看到的是眼前的路。坐车人的惊叹紧张与你无关，风景与安全永远不能兼顾。想看看风景，只有停下来，还要在避免别人撞到你的地方停下来。愤怒与恐惧，也仅仅来自你认为的自己和实际自己之间的差距而已。做一个开车的人，开车的时候看路，不开的时候看景就好。

生活像极了你小学里最痛恨的相遇、追击问题，距离、速度、接近、走远，你的所有错觉都是相对产生的，相遇是为了别离，别离是为了相遇。最可悲的是别人已然慢慢离你而去，而你因为执著和热情，还觉得越来越近；而你舍命追求的，因为别人走得太快，永远也无法追到；你努力后的满足，却被别人绝尘而去的背影憋到内伤。

那个日渐衰老的爱人，那个从出生就离你越来越远的孩子，那些老去的亲人，那些可以与你一起安静、快乐的人，那些与你共度过的人，那些准备与你共度的人，都值得你付出自己去珍惜。那一个在你冥想中，离你而去又辗转回来的自我，或许知晓自己的孤独宿命，才去拼命寻找相遇的珍惜。

秋夜，春茗；秋饼，月明；

花季初肆意的时候，夏天已然来了；

花开未满将满时节，秋天已然来了；

花季未选择离开，四十了，花开满时就离开……

世界和你想象的永远不一样

总是期望活得自己喜欢，喜欢与不喜欢同时存在，我们侥幸明白自己喜欢的，多多少少见微知著着自己的未来。跋涉是一种到达，不是一种填充，到达的就是你能到达的地方，不是你以为你能达到的重量。

屋里的平安树，换了一盆。一直想把它修剪得像一棵树，可它总是懒洋洋地成长不了，只好换了。

据说是掐头掐得过了头，它就以为你不想它成长了。本着死理性派的特质，查点资料，原来决定它是否成长的生长素就在枝头附近，稍有不慎，它就懒得成长下去。跟树干和根关系不大。

前几天，有年轻人在询问职业规划师，花了一些钱，得了满满的自信，最科学的分析、最好的性格分类、最有效的成功学流程，未来尽在掌握。不求在世界大同的竞争中获胜，起码要在自己宿命擅长的领域遥遥领先、睥睨众生。成功就在眼前的时候，眼睛都是亮的，神采很飞扬。

于是我问，最笃定的未来会不会让你味同嚼蜡？幸福是因为比周边的人好，还是仅仅是一种满足？

常想，你的未来对你而言，永远是陌生的。一如，你的未来是你的陌生人，你的过去对于现在也一样是陌生人。

成长总是有坎坷、有转弯，总是渴望向着阳光的方向，哪怕是自以为阳光的方向。

孤独是个时尚的词汇，连自己都成为自己的陌生人，这样的时空的确是孤独得可以。人生是因为自知宿命般不得不孤独，而开始努力寻找可以彼此同行的人呢，还是孤独是可以通过遇到谁或是拥有什么东西就能消除、填满、改变，而付出身心努力去遇见、邂逅？

通常，滤清自己的思想就能够改变自我的行动。但太多的人，是因为自己的行动最终影响了自己的思考和念想。人生似乎总是能规划，我们总是自以为凭借自我的价值和拥有的物质，在选择、在决定、在努力。但我们不是依靠思想去行动，而是自以为是地臆想结果，于是永远无法得到我们想要的结果、事物和人。

总是期望活得自己喜欢，喜欢与不喜欢同时存在，我们侥幸明白自己喜欢的，多多少少见微知著着自己的未来。跋涉是一种到达，不是一种填充，到达的就是你能到达的地方，不是你以为你能达到的重量。

这不仅是一个可以标签的世界，也是一个可以量化的世界。金钱和时间该是最大的砝码，但世界就是那么轴。人生最大的两个问题：一是该用钱买什么，不应该用钱买什么，什么东西你以为拿钱买得到，实际买不到？二是什么东西拿钱不能买到？问题的答案在问题里面，世界绝大多数东西可以量化、可以拿金钱标示，但不能量化的、不能以金钱标示的，或许才有价值。

没有谁不愿意智慧，但绝大多数人把技巧和欲望的达成当作智慧。所以，自我的学习，永远是在发现欲望和学习技巧。技巧可以让你设计未来，欲望可以让你坚持达成满足。设计的未来于是成了宿命，节拍稳定执著，标准整齐划一，成熟指日可待，幸福如影随形。未来不仅可以掌握，甚至可以通过欲望的时间表，技巧的流程化，分到每分每秒每一步，那你要你的未来做什么？当我们为着我们的宿命长吁短叹、痛不欲生的时候，努力设计自己的宿命，竟然只是为了我们的人生看起来好看和少些惊愕？

智慧不是你可以预见未来，而是可以快乐、平静地面对未来。智慧是敏锐里的安静，安静里的敏锐。世界和你想象的永远不一样，只是因为你没有正眼看它，于是它也就对你不停地翻白眼。

像极了那棵平安树，你设计它成为一棵美丽的树，它也本该成为一棵美丽的树，它也在努力，你也在努力。你以为有养分、你以为有阳光、你以为有水和空气，它就一定会如你想要的美丽，你以为凭借着根、茎、枝叶，它一定会成熟而快乐地成长。殊不知，仅仅是接近芽尖的地方才有生长素，才能让它继续成长。是不是可以这么说，昨天的你最接近真实的你，当下的你才是你，明天的你注定不是你？

　　一棵树是否像一棵树，跟你想象的根、茎、干该如何无关。而是你能成长成什么样，在你可能的情况下最好地生长，而不是自以为应该长成什么样子。不反对对人生随时规划，但规划不是结果，不是为了规划而成长，而是成长本身就是结果。不是你想好如何面对未来的自己，而是你能平静地接受，欣然接受那个你努力过的当下的自我。

　　我们永远无法预测的未来才是未来。

亲爱的自己，
对不起，弄丢了你

罪是别人定的，赎罪的标准与历程也是别人定的，你最终不会成功的。

弥尔顿没有失明的时候写了《失乐园》，失明了，口述了《复乐园》。失去了，找回来，圆满顺畅。是如此吗？怕也未必吧！

如果人类仅仅为了那一只苹果，就被放逐到世间，并被原罪折磨得累世沉沦，上帝未免有些不厚道。而人类的终极目标要是回到伊甸园，那人类未免有些痴心妄想。罪是别人定的，赎罪的标准与历程也是别人定的，你最终不会成功的。那弥尔顿浪漫到幻想了吗？他那样思索着，感同身受人类的历程，无非阐述了一下自由与终极自由的关系。

《失乐园》里，撒旦如洪荒里的先知，飘荡在空间的一个自由灵魂，他引导了亚当与夏娃。《圣经》里邪恶的撒旦，在这里扮演着叫醒沉睡的亚当的职责。上帝一厢情愿地建设了伊甸园，希望懵懂的亚当、夏娃永远快乐生存下去，但这样的生存对于亚当和夏娃的意义单薄得经不起任何诱惑。代表自由的撒旦，无力与上帝抗争，于是巧妙地幻化毒蛇，戏谑地让伊甸园名存实亡，轰然倒塌。"人类一思考，上帝就发笑"，其实是上帝什么都不怕，包括撒旦，他怕的偏偏是人类的思考。快乐不是笑点低，快乐也不是不知痛苦、惘然不思，人类不是谁的玩偶，哪怕当初是作为玩偶被造出来。

当亚当咬下那只苹果的第一口，不是羞耻与恐惧让他成为人，而是看到了世界的美丽与丑恶、人性的复杂。面对思考和恐惧，人类忽然就强大起来了。为什么不是因为自信而勇敢成为人呢，反而是因为恐惧和思考成为人？这个问题，不再仅仅是一部《圣经》就可以解读了。震怒的上帝驱赶了人类，强加了许多的惩罚和痛苦，生造了太多的劫难，似乎人类应该为开始思考而赎罪，其实这些都是人必须经历的吧。上帝也为自己逐出亚当、夏娃而悔恨不已吧，人类开始在世界轮转的那一刻，上帝的威严被人类思考的瞬间光亮湮灭。

自由产生了，人类沉沦了，思想产生了，痛苦就来了。

一棵树不会思索自己为什么是一棵树，人却不停地诘问为什么我是我。从伊甸园离开的那一瞬间，除了回望和想念伊甸园的某个刹那，其他的任何一刻都是我是我。这倒是与佛家的当下蛮契合，你不在当下，你就没有活着，没有存在着。

至于千百年里，人们一直疑惑为什么上帝要造那只苹果。因为就是没有撒旦的蛇，好奇心与偶然性，亚当也会尝试那个果子，毕竟就是动物，对那样的果子也会垂涎欲滴吧。索性别造呗，亚当和夏娃永远在伊甸园里，至今也不用我在这儿胡说八道。

想来，上帝每天看着亚当、夏娃也有些迷惘吧，那种孤独该是比人类如今的思索痛苦得多吧。人类的孤独来自思考，但这由不得人自己，上帝倒是可以控制让我们不思考，这样的痛苦他比我们人类痛苦得多。上帝的愤怒只是，这一切不是按照他的时间表运行的，那个撒旦真是邪恶与清醒得不是时候。玩偶早晚要醒来，上帝对此从不怀疑，他的愤怒纯粹是被撒旦和亚当的突然醒来击倒了，他不再是这个时空的神，他只是那个垂垂老矣的造玩偶的匠人。甚至在听到亚当吃了苹果的瞬间，他的光芒已然消散，他依靠的是亚当不思索而成为神，他被亚当的瞬间恐惧和思考就伤得体无完肤。最强大的最虚弱，这是这个时空最终极的情节吧。亚当在有了恐惧和自己的眼睛瞬间，他已经比上帝更接近天堂。

亚当和夏娃逃离伊甸园的时候，必是一步三回头吧！但当不再回头的时候，自由的天地让他们知道，他们真正出生了。

这个撒旦就是自己，这个上帝就是幻想，这个亚当就是你自己。

弥尔顿失明了以后，想来是思索的时间大把，没有眼睛开始用心，《复乐园》产生了。复乐园没有失乐园那么瑰丽、磅礴、史诗。但口述的方式，他就如先知般开始喃喃自语。

耶稣出现了。自从上帝赶出亚当、夏娃后，看着人类的繁衍，上帝应该没有停止任何一刻的后悔。自由的人类，漫无目的又意志坚决地奋勇向前，从来没有目的地也没有诘问自己的本来。上帝厌倦了，他要拯救人类，可惜如今的人类已经不是那个他自己可以任意摆布的了，于是也需要圣母的出现，那个属于人类自我繁衍的圣地。

于是，耶稣诞生了，于是上帝要继续失望了，这一刻，上帝的无力与圣母的光芒辉映着，人类要思索自由是什么了。

撒旦这次是彻头彻尾的魔鬼了，代表着欲望的肆意蔓延，却打着自由的旗号。耶稣知道人类终极的自由。自由是把利器，胡乱挥舞的结果就是杀死自己，而将自由烙印在自己的灵魂上，把自己当作一把武器，这才是自由的终极。

人类不会明白自己的目的地，因为欲望让你无暇远望，欲望永远是那个看起来很轻巧得到或是似乎永远不可能得到的东西，人类在得到自由之后，就抛弃了自由，因为自由没有欲望那么诱人。撒旦在追求自由的人身上占不到一点点便宜，但他深知他最有力的武器就是欲望，而他将欲望与自由联系在一起的时候，几乎是无往不利。

撒旦深知，这个人类追求的欲望，深不见底，永无穷尽。他也明了，打着自由的旗号获取权力，没有什么比这个更能满足欲望。自由多么美好，打着自由的旗号获取权力，更是辉煌得耀眼。而获取权力后要做的也简单到极点，扼杀别人的自由。撒旦永远统治不了世界，因为他的邪恶永远是那么明确。但打着自由的旗号获取权力的人，才是彻底扼杀自由的人。撒旦永远乐于看见，人类自我的虐杀，又打着当初逃离伊甸园时的旗号。

耶稣面对欲望和权力，该成史上最淡定的人了，他要把自由镌刻在自己的灵魂上，自由不是武器，自由是灵魂。自由捎带上哪怕一点点欲望，都会从天空落入泥潭。自由被权力所美化的时候，它已经枯萎和僵硬，散发如撒旦般的恶臭。

于是，耶稣殉难了，耶稣复活了，这个殉难与复活与上帝无关，上帝面对自由同样无力、软弱，耶稣不要充满欲望的自由，拒绝充满权力的自由，他的终极自由产生了。

那个不能靠着欲望和权力可以剥夺的，那个永远没有欲望和权力缀饰的，才是自由。

当我放过自己的时候

　　喜悦是当下的喜悦，命运是当下的命运。我们嗟叹命运的无情与不公正，怨恨那些带给我们痛苦的事物与人，但原来命运我们可以选择，只是选择的是我们可以选择的部分。

　　又一次云游归来，当云游成为一种习惯，我也就学会了快乐面对！藏养的季节奔波，违时却需尽力，奔波里思索过去、将来，断续却也活跃，残片拼凑起来，倒也错落有致、色彩斑斓，闪烁着属于自己的光芒。这个旅程如这样的一年，也如未来的一年，也如现在的一刻。

　　旅途似乎是种奔波，不同的环境、不同的人、不同的饮食起居，于是劳累而疲倦。还好，2009年学会的随时静心，随时精神独立，随时快乐，随时忘却……

　　那日初到上海，开始飘落雨滴，仰头看看天，冬天的上海阴霾而有些脏乱，如大都市的混乱不当的包容。出了地铁，猛然发现雨雪交加，上海的雪。因着自己北方装扮，还不是太冷，诧异于在上海见雪而已。急急忙忙地下着，很北方的感觉。穿过上海的街道，雪在点滴结束，隐隐约约。整个城市诧异于雪落，显出上海人的矜持，越是诧异，越是沉默，怕失了大都市的雍容华贵，也算一种包容衬着上海的繁忙与泯然，格格不入。像极了自己2009年偶尔的心境。

到了工作地点，很气愤，太多的人想当然，然后就会在日后收获混乱。因着前边事情安排得不停当，现在面对着混乱与不可收拾，怨声载道。挂在嘴上的如果永远是"我以为……"那你永远得到的就是不如以为的。混乱里埋怨，不晓得是自己在当初的"我以为"中潜伏的因；在自己可以主导不产生混乱的时候，要尽一切可能阻止"我以为"的出现。否则面对时间节点，你就只能无所掌控；面对混乱的结局嗟叹，是对自身最大的嘲笑。前一环节自以为是，后一环节混乱不堪；前一环节举手之劳，后一环节一团乱麻；当下你偷懒，明天的当下就知道付出了。这是一种感动，也是一种醒悟。有人问佛于我，我说当下，对自己的当下与别人的当下负责，就自然充满善意。

料理完这里的工作，安排停当，急匆匆地走，去杭州。

上海渐行渐远了，暮色爬上来，天黑了，谁料想，后边有意料之外的感动呢！

上海至杭州很近了。匆匆下了高速转入省道，夜色里，田地的积雪闪烁着清冷的光。道路也在车灯的照耀下，明亮而清晰，就是因着这样的明亮与清晰才明白，结冰了！远远看到车辆的堆积，朋友的刹车踩得及时而彻底，车子在 ABS 的作用下,有跳跃感地向前冲，车灯照耀着前方的车尾，那些红色的尾灯瞬间显得怪异与邪恶，像是吸引着车的灯光，张着血盆之口要吞噬你，车子在结冰的路面上纠结于刹车与冰的搏斗，嘎嘎的声音。朋友很及时地在要撞到前车的时候，转向！插入！隔离带与前车间的缝隙，车子停下来了，很不情愿似的，瞬间似乎人与车都泄气似的趴伏下来。

砰！沉闷而深厚的碰撞声，惊得人一哆嗦，应该是蛮大的车碰撞的声音。急匆匆下车，差点摔倒，路面的冰湿滑着，风瞬间无孔不入，寒冷很得意地让我觉得江南的冬夜无处可躲。踮起脚向后看，该是两辆大车追尾了，冰雪的路面没有刹车的声嘶力竭与尖利，却在碰撞后腾起雾霭。车辆撞上去，巨大的冲击力，接着被撞回来，停下！希望不是惨烈的结局，小心翼翼地走过去，眼前开始浮现惨剧与哭喊。

没有哭喊，没有血肉模糊。一辆平头卡车撞在另一辆的后边，驾驶位置已经深陷进去，外表看着人应该是难逃厄运。副驾驶那里，一个女人，倒还算平静，怀里还抱着一个孩子，只是催着人们打电话。119、120、122，人们忙不迭地打着电话，互相的眼光都有担心的流露，这样的车祸通常都惨烈。因为我不懂方言，就在他们的唧唧歪歪里，替着孤儿寡母担忧起来，需要等待，时间有点慢，更加冷了……坐回到车里，大家都讨论起来，江南的雪也会如此狰狞啊，悲剧在悄然上演。

忽然想到，那个做父亲的伟大！我是开车的我知道，在车祸的瞬间，人的本能是逃离，向左方打方向是本能选择。而且当时的情况，左边还是有躲避的余地，最多是右侧碰撞上去，那样的结局不言而喻。在生死的一瞬间，这个父亲毅然地选择了去碰撞驾驶位置，刻意让人鄙视，这样的刻意却让人唏嘘。电光石火的一刹那，这个父亲的爱，瞬间就包裹了妻儿，在阴冷无情的江南冬夜里，光芒万丈，温煦如春。

120来了，119来了，及时而专业，孩子被先递出来，孩子的母亲执拗地待在车里，孩子被惊吓后的木然和惶恐让人心疼。我待在可以了解的距离上期待奇迹的发生，消防人员专业的器械与技能发挥了作用，只是语言我听不懂，有点暗暗着急，察言观色，似乎，似乎无大碍。不知道为什么无大碍？工作紧锣密鼓，喜欢快速专业、言语指令性、执行到位，这样的效率高，默契其实是专业与执行。面对这样的专业，忽然就安静起来，这是信任的安定，默默地等待结果。千斤顶、破门设备，也就几分钟，已经开始准备将人抬出了。

相信奇迹吧！人很安然，只是脚踝被夹住了，刚才的专业忙碌，将被夹的脚解放出来，他竟然自己爬出来了。想来在碰撞的一瞬，他扑向了妻儿的一边，撞瘪的驾驶位置仅仅夹住了他的脚，甚至没有流血，皆大欢喜。没有掌声，消防队员开始收拾器械，120的担架上车，他被随后到来的亲朋背着上了救护车，涉及救人的车祸处理结束了。

后边的几天了了，依计划奔波，但，这是感动的旅途，我安静下来的时候总是不由得想这个车祸带给我的东西，甚至是对自己的2009年的总结。

听到太多的人谈命运，到底有没有命运，到底是谁在主宰、安排我们的命运，我信命，我告诉太多的人有命运存在。**万事万物有关联，有关联就有规律，有规律就有必然**，什么是命？我一直拿车祸给很多的人说起命运，命就是这个时刻遇到这样的车祸，因为在途中你任何时候稍微加一脚油门或点一下刹车，都有可能避过今天的车祸，但就是那些加油、刹车、路线选择、途中的停顿交互作用，你在这一刻遇到车祸。但认命不宿命，朋友借着他的技巧与判断，在那一瞬得到了最好的结果，这就是你在命运里可以自己努力的部分。命运可以改变吗？可以。如果你听天由命，我们会遭遇车祸，就这么简单的答案，就是命运。

至于那个父亲，他的命运让他发生了车祸，他的车还没有我们车的灵活与功能，但他面临的选择与努力的方向多了太多……

这个男人或许暴躁而无能，也或许努力而踏实，也或许恶习不少……这个女人或许勤俭持家，或许贪慕虚荣，也或许育儿无方；也或许家庭矛盾多多，同床异梦，争吵不断，苦挨度日；也或许蒸蒸日上，日见富足，阳光而灿烂……但都没有影响他那一刻的选择。

　　他可以打向左边，这是本能。能做出抵御本能的选择才是高尚的，本能之下的选择没有人可以指责。那本能选择打向左边的话，他将有一个支离破碎的家，也将痛苦一段时间。他终将开始新的生活，虽然某个场景、某个片段会永远在他的心里，挥之不去。但既然是命运，我们也会接受，也抗争了，那个江南冬夜的冰雪路面是噩梦，也仅仅是过去某一时刻的噩梦……

　　他因着爱的本能打向右边，没有逃离，只有抉择，他的爱保护了妻儿，而自己被车祸带走。妻儿的悲惨未来与磨难已与他无关，他尽了夫妻、父亲最高、最重、最终的义务，他用他的生命换取了妻儿的平安，这个瞬间他如阳光般的大爱，温暖与保护了属于他的责任……他的妻子终将开始新的生活，他的孩子终将长大，继续他们必须的命运与坎坷，迎接属于他们的未来，他已经无能为力，他已经燃烧自己的生命……离别世界的那一刻，留恋也好，悔恨也好，都会幸福着消散，笑着离开，笑着流泪离开。

　　他却得到了最好的结果，皆大欢喜，圆满而幸福。未来的某一刻，夫妻会甜蜜地回想这段惊悸，男人的胸膛是那么宽广与自豪，女人的幸福是那么漫溢与温暖；及至孩子长大，告诉他父母是多么爱他，可以在生死里把选择孩子生存作为唯一选择；父亲也会得意地在朋友的酒肉喧嚣里，借着酒意，高谈阔论这段惊险，唾沫乱飞，引得人人仰视唏嘘；也许会因为喋喋不休地说起这次爱的奉献，被家人鄙视，将自己未来的爱变成索取，人皆侧目；也许因着这个爱，妻子心里的爱变成了债，一辈子被这一刻所出卖，永远失去自我；也有可能未来夫妻反目，孩子不孝，在老去的年华里自己咀嚼回忆，老泪纵横……都有可能，都没有可能，可能与否其实与现在无关。

这一刻的选择，是对命运的回答，这个当下，是自我的快乐选择。在那瞬间的选择后，喜悦的光芒即时迸射出来，明亮而润泽。命运让我们这刻选择，我们选择我们为之努力的东西，至于结果，我们可以掌控的我们掌了，努力了……笑着接受命运吧！

喜悦是当下的喜悦，命运是当下的命运。我们嗟叹命运的无情与不公正，怨恨那些带给我们痛苦的事物与人，但原来命运我们可以选择，只是选择的是我们可以选择的部分，我们没有时间去思索所谓的命运公平与否、合理与否，也想不得当下的选择未来会收获什么，只是晓得当下我们选择了，为了自己也好，为了别人也好，**选择就是当下，选择就是喜悦，未来是未来的当下，是属于自己选择的未来。**这一刻的父亲高大而平实，最重要的是，快乐与喜悦！

这样的 2009 年末，我被旅途感动，未来我还会在旅途上，被旅途间或地感动。这个旅途上太多的人与事，是命运让我面对他们。朋友问过我喜佛将如何、该如何、会如何，我说：我对我所面对的人、事都善意面对，其实是对佛最大的尊重，也是对自己最大的尊重，也是对自己所爱的人、爱我的人最大的尊重。

2010 年就要来了，我在命运的旅途上奔波，还将继续奔波。

这个年末的感动，这个当下的感动，命运在悄然改变，冬天的我在等待春天的来临，那个晚霞已经告诉我，春天就要来了……

学着做你自己，
并优雅地放手不属于你的东西

　　这个世界为你准备属于你的，这个世界需要你关注你自己的；这个世界教会你别以为世界是为你准备的，这个世界需要你学会关注不属于你的。简单到极致，也就复杂到极致。

　　三月的主题在我是奔波，西安、深圳、杭州、广州。

　　月初离开西安时，春寒料峭，深圳纯属温突突的快捷无感，杭州烟雨三月矫情凄迷、夜雨敲窗，广州温润着木棉燃情。及至回到西安，蓦然一树树的杏花如云，柳绿烟笼，春天似乎在三月将尽时来了。

　　北方的春天是喧闹和拥挤的，稍不注意乱花迷人眼，总是被次第的花开惊喜着，不似江南岭南的温润和缓步前行。于是，奔波里只是被春天裹挟着，不知道自己属于哪里的春天，也无谓去关注和感知，只是大约不管在哪里，都该是春天的意思了。

　　过去的人们还踏青寻春，激发些万物生发的诗句，矫情些怀春萌动的小心思。现如今,羽绒服和丝袜对视,互觉傻 × 的时候,春天在不三不四的月份里,总是有点不三不四。

城市教会人们的永远是忙碌,活下去应该是比活着更急迫,于是总是被结果惊喜着或打击着,连春天都是蓦然展现的。夜是怎么黑下来的?天是怎么明了的?花是怎么开的?叶子是怎么绿的?……与我何干?知道春天来了就好,大不了买身春装应景;知道目标没有达到就好,大不了继续幻想成功或是继续折腾自己呗。

成功的人,成功的过程总会被描述得必然而果敢,坎坷都是为机遇准备的,伤疤都是勋章;失败的人,总是给结果找无穷偶然的理由,当初我怎么想的,现实有点偏颇而已,现在的失败总是偶然。成功是必然的,失败是偶然的,这个因果,谁是因谁是果呢?似乎大概成功是偶然的,失败才是必然的吧。

没有因果地过着活着,春天来不来的,花开不开的,生活总是要继续。要活着总是要在欺骗自己的自虐里,装点一些被社会被他人迫害的小情节,这样的人生才似肥皂剧,要不又能如何?

前些天,一个学生问我:生活、工作应该是什么样的?

我说我在广州吃早餐,旁边是个卖五谷杂粮的铺面,各类的袋子开着口,便于顾客选择和看品质。老板坐在初春的阳光里打瞌睡,一只不知名的鸟儿站在打开的各类袋子上跳跃,尝试着各类五谷,偶尔喜欢吃的，急匆匆地啄上几口。菜市场忙碌而喧嚣，鸟儿时不时歪头注意有没有危险。喧嚣的市场，安静的老板，自顾自的鸟儿，匆匆熙攘的人流。

那更好的工作、生活呢？

我说，前些天带孩子在公园，见到卖那种五彩棉花糖的。新做出的一个棉花糖，拿着往架子上插。架子上已经有了几种颜色，于是他在那里调整颜色顺序，犹犹豫豫地比较着。起初，先是按照不同颜色归类，后边似乎觉得有点单调，就尝试着花插着，五彩缤纷的，试了几次，似乎很满意。见我注意他，他有点尴尬地笑着说：这样的好看。

那什么是成功呢？

师父从不讲修行，"修行的人不修行"，这话禅机有点大。前些天，师父被住持骂了，因为他养花花草草，他的花花草草养得也真的好。为什么养得好？因为我照顾它们，却从不要求它们什么。在它们要开花的时候就开了，在它们还没决定开化的时候，找就耐心地等着。春天有春天的花，秋天有秋天的果。我不为开了的花喜悦，我为我知道它怎么开的喜悦；我不为不开而悲伤，但我会为知道它为什么不开而悲伤。所以，它们很好。

这么简单？这简单？

总希望被惊喜打到的人，总是收获打击；总把竞争当作目标，渴望复制别人的成功，结果一定是不三不四、不伦不类；不打点自己的生活，不尊重自己的努力，没有在生活里学会喜悦，注定感受惨淡。真到了以为自己能改变什么、能折腾什么的时候，反而需要耐心、学会等待。

这个世界为你准备属于你的，这个世界需要你关注你自己的；这个世界教会你别以为世界是为你准备的，这个世界需要你学会关注不属于你的。简单到极致，也就复杂到极致。

三月将尽，四月即来。在你只知道春天来了，瞬间欣喜。虽然比那些还懵懵懂懂不知道春天是什么的人强点，但依旧是个不三不四的季节里的不三不四的人。

人心是不待风吹而自落的花

请在你慢下来的时候生活，慢下来的时候活着。

一直以来，感觉自己停不下来了。

作为男人，总是把很多的东西压在自己的身上，于是疲于奔命，也在疲于奔命里获得了有限的快乐。

把生命当作比赛的时候，人总是急于奔跑吧！数字和速度是不是人生的评价？是你拥有得越多，你越快乐，还是你拥有得越少，你越轻松？总是因过去而悔恨，为未来而渴望，快速地解决现在。可是，**等待未来，等来的是现在**，于是在"**期待未来解决现在，解决现在期待未来**"里轮回。

想起那首诗，《游园不值》："应怜屐齿印苍苔，小扣柴扉久不开。春色满园关不住，一枝红杏出墙来。"最终的结果算是乘兴而来，败兴而归呢，还是美景怡心呢？这个值与不值怕是需要思量了（注:《游园不值》里的"值"是有人值守的意思，这里有意识曲解了一下）。

又想起一个禅宗的公案，法师赏月夜游，兴起，访故友。正巧那人送几位朋友出门，然后回屋推开窗户举头望月。法师在幽处望到这幕"推窗赏月"，心领神会，也抬头欣赏了一下满月云行，没打招呼就离开了。

至于冬雪夜，携酒访友友不在，梅前畅饮观雪落，友已拜过，酒已喝过，不一样是快乐的现在？目的和过程，结果和预期，快速与释然，哪个是我们应该追求的？

一生的旅途是很短暂的，往往在左顾右盼的流连之间，就已到了终点。往事如烟，也许如书中所说"人心是不待风吹而自落的花"。水自源头出，最终入大海。出生那一刻算起，"你是来生的，还是来死的？"这个问题其实一直诘问着你。至于到了生命终了，这个问题的答案才是唯一，在你一生的每一个刹那，这个问题永远萦绕耳边。

我们慢不下来了，于是我们进不了园子的时候觉得不值，哪怕一枝红杏出墙来，满目春光；于是我们一定要去见那个朋友，高谈阔论一番，哪怕月白风清，云行花落；于是我们一定会带着酒回来，一路咒骂天气、埋怨朋友，漫天瑞雪不知，一枝梅花不见。

于是我们驱赶着生命，快得自己的灵魂都追不上。我们计划未来的每一步，环环相扣，严丝合缝。评价量化，准确无误，因为有太多的参照物，优劣自现。一只眼睛看着过去，一只眼睛盯着未来，灵魂落在后面，周遭的一切都在为快速到来的未来做准备，这个姿势难看，这个活法可笑，这个人生快得让我们忘记快乐！人生只有一个目的地，就是死亡，凭空增加的那些目的，让我们如水的生活变得干涸。

生命不是赛跑，因为你跟任何的一个人不同，不同时起跑，不同时到终点，不同时在一条赛道上。当你欣喜若狂地超越一个人，忽而就发现不远的前方还有比你跑得快的人。做那条河流吧，快与慢，叮咚与呜咽，盘旋与流动，四季与晨暮，冰冻与蒸腾，污染与自洁，落花与游鱼，晴好与雨雪，包容与悬浮，这是唯一的历程，永远不会有一样的你。

人生该是如此吧，吃的时候就是在吃，睡的时候就是在睡，快乐的时候就是在快乐。不用那么急着去死亡，这一刻你活着就好，这一刻的你扼杀你自己，那你都不用等待死亡的来临，因为每一刹那问询"你是来生的还是来死的"，你都选择了死。

法然上人在一次开示中，或问："念佛的时候容易瞌睡，感觉自己修行之心并不坚定，如何才能消除此障呢？"上人笑笑答道："请在醒着的时候念佛。"请在你灵魂在的时候，在你看着当下的时候，看着你自己的时候生活。慢慢生活，因为这个是你的生活。

"请在你慢下来的时候生活，慢下来的时候活着。"

爱是理所应当的时候，
你或许会好很多

你给爱安上莫名其妙的标签，莫名其妙的限制，爱的波折似乎永远是自己寻找来的。

昨日雨中登山，畅快淋漓，别有一番滋味。

此山自然而幽深，夏初的繁密、清爽，泉声随路，潭浅水澈，绿深随身，多见草长漫道，多有石老苔青。时闻鸟鸣，偶闻蛙叫，尽头有瀑布，顺岩而下，玲珑有致。长啸几声，尽吐胸中郁结。雨势渐大，满谷雨声，有些不舍地迤逦下行，此行不虚。

路上，有小刹，略施香火。

回家与孩子嬉戏，忽然又习惯性地问爱谁更爱谁的问题，父母们的毛病之一。孩子正在画画，煞有介事地拿着画给我讲解这个问题。画上三只老虎，两大一小，一小虎攀附在一个胖虎的旁边，他说：小的是他，他正在与妈妈谈爱。

谈爱，蛮有意思的词汇，不是谈恋爱吗？思索片刻，我自茅塞顿开。中国文化里，"谈"很多时候与话语无关，手谈、笔谈、画谈等不一而足，心灵的交汇，天人合一，于是很禅意。"谈爱"也是如此吧，瞬间明白爱的本来。

我获得的我心存感激，但不会因为获得而去内疚。爱是一个与恋无关的事情，爱是因为我们彼此按照现在的模式存在。所以有爱，我们只需认真去谈而已。**爱是一种行动，不是心底某种恋的感觉。**不是你爱我所以我爱你，是我爱你我在认真地"谈"，你无权说因为我爱你所以你要爱我，只是说你激发了我爱你的本来。

世间情事，蹉跎居多，纠缠之间，衡量多少该是主因吧。我爱你多，你爱我少；我爱你久，你爱我短，林林总总。爱拿着量化、时间考量，令人无限唏嘘。于是，该学学孩子，我在谈爱，没有"恋"字当头，反而清澈得如山间泉水，灵动圣洁。人们永远在探究恋与不恋，值得恋与不值得恋，该恋还是不该恋，结果是什么，没有爱了。

要么你如生意般运营爱、要么你如赌博般博弈爱，就是没有真正去爱。太多的人诘怨人世的不公，在感情里死去活来，付出与回报的算计，总是血本无归。这世界，可以算计的东西很多，计较的很多。偏偏这个爱，永远无法算出盈亏。爱就是那么个东西，不去算计的爱，反而收获得满满。及至，谁都在算计，谁都算得上亏损。

想来，爱哪来的这许多的波折？有爱我心质朴，我爱我心淡然。

爱是理所应当的时候，你或许会好很多。你给爱安上莫名其妙的标签，莫名其妙的限制，爱的波折似乎永远是自己寻找来的。

时常感谢孩子给我另一只眼睛看世界，让我可以快乐拥有，简单拥有，比如说，爱。

每个人都幻想新生，
每个人都期望关闭悲伤

　　每个人都幻想脱胎换骨，每个人都期望关闭悲伤，扼杀过去的晦涩，但每一个新生却又躲之不及。

　　前日，媳妇表姐的孩子出生了。去探望。

　　忽然就有恍若隔世的感觉，囡囡很可爱，现在的孩子刚出生，就如过去已出生七八天的孩子。头发乌亮，皮肤光洁，睡得自我，昏天黑地的，吧嗒着嘴冒着泡泡舒展着自己，就如一件艺术品。想想儿子出生的那一时刻，就如昨天一样。

　　这是一种新生，其实对我们来讲，同样吧。很多的新生来自点滴的瞬间，孩子的出生、太阳的升起、雪初落下、回眸的一笑……都该是自我新生的一刹那。快乐与时刻与地点无关，与人有关。太多的人在新生的门前，快乐的门前踯躅，泪流满面，辗转反侧。不晓得，其实这扇门打开很容易，门内就是新生、就是快乐。

每个人都幻想脱胎换骨，每个人都期望关闭悲伤，扼杀过去的晦涩，但每一个新生却又躲之不及。这个囡囡，柔弱到极致，也坚强到极致，灿烂到极致，孩子如天使般地散发着柔柔的光亮。懵懂与不畏惧，坦然而随意的孩子啊，这一刻的新生让我们每一位都忽而快乐起来，开始用一个新生的、快乐的眼光去看待世界的点滴。

有一幅油画，描述了圣婴出生，圣洁的光芒照在圣婴的身体上，周遭都被这个光芒所辉映。其实每一个孩子都是圣婴，因为那一刻，每一个心灵都被照亮、温暖。有一种光芒，可以照到角角落落，这是新生的光芒，这是快乐的光芒。你什么时候看到别人哭你会发自内心地微笑呢？怕就是看到出生婴儿那清亮的哭声吧。

因为新生的力量是那么强大，其中的点滴末节都是快乐。你做好准备快乐了吗？你做好准备新生了吗？快乐与新生也要准备吗？这是个悖论，其实只有悲伤会来得毫无征兆，无可抵挡。快乐前、新生前，你都要准备呢！打开心扉，让眼眸明亮，顾盼自若，呼吸顺畅，舒展经络，这是你需要准备的……只要你还想新生，还想快乐，每一时刻快乐，新生的门都在你面前，开合自如，轻便灵巧。除非你决定继续晦涩你的生命，永远做一个自怨自艾的毛毛虫。蝴蝶开启它的茧，然后就新生、就美丽、就快乐，继而带给别人美丽与快乐。只是它明白它必须要新生、必须要快乐、必须要美丽，哪怕破茧的时刻是多么痛苦，破茧后那一瞬是多么脆弱。"因为脆弱，所以我们坚强"，这样的话未必每一个人明白。

这个囡囡终将面对我们曾经面对的一切，也会在未来的某一时刻发些如我的感慨。但快乐与新生，在这一刻她轻巧、圣洁地给予了我。我儿子前天对我郑重其事地说："我的幸福日子来临了！""为什么呢？"我诧异。"因为我这次有小妹妹了！"这就是理由，简单而现实而敏锐而直接，但这就是新生、就是快乐。

不是出生的那一刻，你才是新生的。太多的人总是觉得自己永远不可能新生，只能继续我们已然厌倦的生活。新生是这一辈子唯一的一次吗，还是有那么多的机会随时新生，随时脱胎换骨？

不要称量快乐的轻重了，不要斟酌新生的危险了。**每一个阶段，我们都从美丽、快乐变成丑陋的毛毛虫，每一个时刻我们都有新生的拷问与快乐的选择。**这一刻、下一刻，我们这些麻木的呆滞的臃肿的迟钝的空虚的悲伤的自私的丑陋的……毛毛虫，新生与快乐的门在等着你开启……

爱可以普度众生，
爱情却是两个人的勾当

你爱的人偶尔会让你思念得窒息，偶尔又会让你忘记时间、忘记言语，那说不完的话、那不尽的思念，在你真的牵着他的或她的手，又安静得不想打破这静谧。

七月初七，月未曾满，于是星星很亮。

一夏的溽热，秋开始有点小意思的时候。七夕充满性感和温柔款款而来。

是爱情太短，还是世界太现实？是表白太难，要借机发挥，还是总要给欲望一个堂而皇之的借口？中国本是怯怯的青涩与温情，欲说还休，蓦然回首的小心思。本来元夕的灯节该算作中国的情人节，但或许因着元夕离着 2 月 14 日那个情人节太近，来不及新的分手和来不及再表白，这个蹊跷的七夕就李代桃僵地名正言顺了。

爱情从来都是苦差事，除非是打着爱情旗号的欲望，那是轻松的发泄。如果每一个节日都是情人节，那每一个不是节日的日子，都没有爱着，只是那么过活着。城市的灯光污了天河，七夕的星光也只能靠心里的怀想；彼此絮絮叨叨证明了彼此的存在，却因为没有葡萄架下的静谧，如何解得天上的窃窃私语？喜鹊在不在，走没走，不知道。车水马龙里灯光很愤怒，人声车行，很躁乱。

情或许也就是一根线，爱就要靠着思念去密密地织。这个世界，发展无穷的就是那些线，可又有谁真正地用心在织？如果担当是一种角色，那欲望就可以随时易容成爱情。玫瑰代表欲望的时候，礼物就是一种交易，那属于情人的节日也无非是个市场，加强流通罢了。

爱情不是"我爱你"那么简单。爱，如果没让你学会容忍、欣赏、改变、喜悦，那仅仅是吸引、喜欢、占有、私享而已；爱情又如"我爱你"那么简单，是我在爱你，我没有丢了我自己。爱的是你，既不是我以为或是他们以为的你，也不是变身的爱自己。

爱情让你成了你自己，鲜活而充满旋律。不爱你的人一定会死去，爱你的和你爱的也差不多。只是你爱的人偶尔会让你思念得窒息，偶尔又会让你忘记时间、忘记言语，那说不完的话、那不尽的思念，在你真的牵着他的或她的手，又安静得不想打破这静谧。这个爱情，看着煎熬却又那么希冀。

每一个男人身体里面都住着个孩子，勇敢而激情；每一个女人总能清纯而性感，充满母性的光辉，这属于小清新。一个男人永远没有机会在女人面前，像个孩子似的纯真、勇敢、充满激情；一个女人永远没机会在男人面前清纯而性感，无法有母亲般的呵护，这属于小悲哀。一个男人永远如孩子般的乞求包容，永远第一时间原谅自己，没有担当；一个女人，在谁的面前都是挥霍清纯和性感，拿欲望当作武器和诱饵，交易人生，这该是灾难。

爱一直很高尚，爱情却未必。爱可以普度众生，爱情却是两个人的勾当。 慈悲是个拔苦与乐的事情，离苦未必得乐。那些爱情里的苦，为什么要自虐地甘之若饴？缘尽缘灭，是一根线还好，织成网了，牵一发就那么荡漾开来。谁都没有束缚住谁，却又在随时的一刻，心紧一下，窒息一下，眼湿润一下，觉得寒冷一下，走神一下，温暖一下，与环境孤独一下，低头微笑一下……这个世界没你或许更好，但我宁可你存在的时候，这个爱情值得厌弃，也值得存在。

在一起很快乐也很容易，那不在一起的时候呢？爱情变成承诺，那不在一起的时候没必要不快乐，但为什么隔着那么远，还是那么牵挂？爱是一种共鸣，这一刻的思念，是否你也忽而地心神轻轻地摇曳。

七夕，农历七月的七日，四季里的一天，没有事变，有七自有期。不用怀疑，还会有无穷多的日子，普通的不普通的，四季都会有情人节，每月未来也会有，因为那么多打着爱情旗号的欲望，那么多担不起爱情的离去，那么多的明码标价，那么多面对自我的逃离。

秋天的蜘蛛在那里结网 / 密了好？疏了好？ / 思念一样在结网 /

疏了好？密了好？

　　那个在异乡的人儿啊 / 秋的花儿还没有绽放 / 只因你 / 荷花静开在我的心里 / 无香 无色 无影 / 却摇曳

　　那个在异乡的人儿啊 / 今天的晚霞真的很美 / 那紫色 如水晶般的光彩 / 让我忘了今天的忧伤 / 但让我看得见自己的孤单

　　没有那么多的悲伤 / 只是那个在异乡的人儿啊 / 我可以计算彼此的距离 / 却知道心忘了距离

爱从来都美好，
只是你把它复杂化了

爱也很简单，反而因为你以为的简单，把爱复杂化了。不是这个世界没有准备好接纳你，是你觉得这个世界不美好，拒绝进入而已。青春与爱同样如此。

六月充满着生离死别，因着高考和各类的离校，分赴前程。

高考似乎是场战争，与他人的竞争和背后期望的眼神，其实说起来倒更像是一场自虐的表演，结果千奇百怪，过程不一而论。但观者与被观者，都是喜剧的角色，这样的演出总会显得充满互动与激情。

及至跃了龙门，不是欣喜和狂放，反却是恍然大悟和无尽空虚，"原来没有想象的那么难。""未来又和现在有什么关系？"

近期在看书，一本自虐的书《思考：快与慢》，翻译很烂，原版太累；一本《第五项修炼：心灵篇》，朋友送的。坎内曼所致力研究的行为经济学，是一门介于心理学与经济学之间的边缘科学。心理学给经济学上课，数据和科学工具被修理也是好玩的事情。并因此得了诺贝尔经济学奖，更是让人耳目一新。至于圣吉，《第五项修炼》还算是管理学，到了心灵篇，纯属冥想和东方思维教程。

交叉着读起来，脑子倒是不打架，思维有点乱。读着读着，觉得世界真的大一统了，喜欢西方人的思维，释、道、苏菲、禅、瑜伽，一概地喜欢，一概地去揉搓，有点泛神论的感觉。倒是再参照些《中观论》《道德经》什么的，就剩了一句"不可说不可说"。

不可说和青春有什么关系呢？跟六月有什么关系呢？

解读青春和怀想青春，一直是人生的主题。虽然明白，人生最大的恐惧，不是不能面对当下，而是总想回到过去。**青春在的时候，我们尝试阅读和解释；于是，在青春离开的时候，我们在唏嘘和怀想。**

青春该是某种旋律，而不是一首歌的歌词吧。我们总是很关注歌词，而忘了其背后的旋律。于是我们强调拥有一个有观点的青春，而不是谦卑而担当的青春。青春要靠某种阵营保护的话，只会躲在被保护的角落。多么害怕悲伤来袭和自怨自艾，只可以享受呼啸的青春，而不能有一点点受伤，这个青春有点病恹恹的。

这个世界最大的真实就是，问题一定在你，一定不在这个世界。你的成长不是没有目标，不是没有想象力，不是没有愿景，唯一没有的仅仅是无法看清或是不愿意承认真正的现实。这个世界没有你不会变差或是变好，你没有这个世界就什么也不是。或，你能不能先承认自己错了，再证明自己是对的？

可以做一只特立独行的猪，不能奢望有一个特立独行的青春。猪还是猪，特立独行与否不影响它是猪。青春一味地把特立独行标签到自己身上，像是告示栏。真哪天揭掉了标签，白白的版面上残留的都是标签的黏糊糊的胶痕，没有一点点的内容。**青春是经历而不是记录**，这个青春你记录得再多也只是为了怀想，这个青春经历得越多，或许反而少了那些青春易逝的慨叹。

青春喧闹的是五彩缤纷，青春喧闹的不是唧唧歪歪。选择青春的方式，不是追随谁的模板。青春是做出来的，如同爱。五味杂陈却又煎炒烹炸，不是素食主义的白煮蔬菜，也不是零食果腹。没有大餐可以，不能没有正餐，不能借着青春的理由忘了要吃什么、要做什么，而只学会絮絮叨叨地说什么。

青春很美好，只是你把它想复杂化了；爱从来都美好，只是你把它复杂化了。爱也很简单，反而因为你以为的简单，把爱复杂化了。不是这个世界没有准备好接纳你，是你觉得这个世界不美好，拒绝进入而已。青春与爱同样如此。

承认冥冥中有超越自己、超越现实的力量，又懂得去闭嘴行动做自己的最好，这才是青春最应该的吧。沉默而付出全部的青春，淋漓而尽致，这样的青春才有点意思。青春不必如中年的以说为主、以做为辅，或是有目的的心存余量。对世界敬畏，对青春敬畏。青春总是那个模样，行进时被你千刀万剐，走掉时悔恨当初。

青春不可说，可说的时候青春已然远了。青春像极了《思考：快与慢》里的系统1，不理性却反应迅速，永远不关注全局，只关注这个点，不担当却也自以为是，感性而习惯，善恶分明却也是一笔糊涂账，但却是你理解这个世界的开始。

佛曰：不可说不可说。与其解释，不如行动。道可道非常道，学会行动而不界定什么，时间不是洪流。世界是，也仅仅是，顺势而已。

六月的第一天，在江南听雨。十里画廊百亩荷，不知道因为雨，还是白鹭晚归的身影，湖里的塔影应景得断断续续，似断还连。雨声和着无语，很多时候安静是因为有一种声音，静心是因为某种行动。在六月的第一天，遭遇微凉，却也知，六月总会火热。

青春跟不可说有关吗？没有。跟六月的雨有关吗？没有。青春只跟青春有关，只是需要这真是你的青春。

安静地进入抑或离开，
那些温暖原本就属于你

　　犹疑在任何的一刻，都是被过去的记忆所捕获，都是因为对未来的恐惧。但这样的恐惧和沉湎于记忆，总是让这个需要选择的你，去被选择而不是选择自己。需要离开的时候，选择离开，这样的选择才有可能寻找下一个温暖。

　　一直，在脑海里有那么一幅画。

　　冬日大雪的午后，风雪交加，木屋内温暖而静谧，偶尔有柴火燃烧时的噼噼啪啪，有她蜷缩在沙发上沉沉地睡着，盖着厚厚的毯子，柴火的光亮，摇曳地在家具与墙壁上走动，墙壁上的老照片斑驳而久远，门外的风雪裹着哨音，却在木屋的温暖前沮丧地哀号，唧唧歪歪，满桌的食品狼藉着，酒杯还蕴着红酒的残留，空气里弥散着酒与坚果与水果的气息……是一种幸福，也是一种快乐……

　　但要离开呢，必须要离开。理由不多，但是必须。穿戴好，捂得严严实实，因为外面的寒冷，一层层地穿上去，为了穿衣竟然有些微微的汗渗出来，因为温暖有些恍惚，因为温暖有些畏惧，不是不舍，因为外面的风雪是暂时的，也是必须去经历的，只是，这份静谧的温暖，有着温馨的气息，总有着时间停顿的欲望。

开门吧，风雪瞬间狂欢地涌入，不由自主地回头，柴火的光芒忽而就摇曳得厉害起来，很不情愿似的。雪里的空气清冷与透彻，让人瞬间眯起眼睛，屏住呼吸，因为温暖，风雪在入门刹那的狂欢后，被温馨的气息感动到泪花盈盈。

关门，这份温暖不只属于自己，还属于那个木屋里的一切，留恋在开门闭门的瞬间，只会让风雪肆虐，让温暖泪花充盈。门闭上了，风雪不情愿，温暖的木屋也不情愿，两个世界就此隔开，风雪在外面肆虐，木屋在自顾自地温暖……

雪上一个个脚印，你连回头的机会都没有，因为回头你就要停住，每一步停住，那份温暖就消散一些，只有继续走，自己的付出才会收获些许温暖。走远了，回头，那些自以为留下的足迹在风雪中荡然无存，那个木屋在这一刻与你无关了，你只有继续走下去，走向另一个温暖或另一场风雪……

每一个人都是从一个目标走向另外一个目标。把目的当作目标，那门开合之间的考量，只会让你痛恨你的选择，犹豫你的身体。人生是靠行动组成的，人的存在却是靠安静来确认的。不怕回望，就怕沉迷；不怕行动，就怕犹疑。

犹疑在任何的一刻，都是被过去的记忆所捕获，都是因为对未来的恐惧。但这样的恐惧和沉湎于记忆，总是让这个需要选择的你，去被选择而不是选择自己。需要离开的时候，选择离开，这样的选择才有可能寻找下一个温暖。这样你才可以安静地离开。

其实正如你的人生，不管你是在奔向温暖还是在路上还是你离开，你只有安静地坚定可以选择。任何的犹疑与停顿，你都会失去仅有的温暖。没有足迹留下，唯有记忆有些点滴的恍惚。任何时候不要在门前停留，那会消磨你仅有的温暖和意志；更不要在门已经开启的时候迟疑，因为你会把风雪与温馨混杂。你要做的就是在温馨的时候享受温馨、珍惜这点滴，在面临风雪的时候不要停住脚步、思索足迹、留恋曾经……

安静地进入，那些温暖本就属于你！

安静地坚守，风雪里只有自己温暖自己！

安静地离开，不奢望留下足迹！

第五章

人生就是自我认识的过程

你跟谁都谈不上亲密，

因为你离开自己已经很久了。

孤独是属于真正存在的你，

快乐也同样。

当你决定离开自己，

你看似脱离了孤独，

但却失去了快乐的可能。

偶遇自己，

还是邂逅自己，

还是永远为了忘记孤独而忘记

自己？久违的自己，

面对自己也就是面对初心。

谁不曾年少春衫薄

年轮记忆着过去，清晰而明确，不管是孱弱或苗壮，一道道地，没有缺失与忘却，也记录每一年的荣辱风雨。

一直很想成为一棵树。

年轮记忆着过去，清晰而明确，不管是孱弱或苗壮，一道道地，没有缺失与忘却，也记录每一年的荣辱风雨。那日坐在青华山的山顶，一个苍老的树桩上，秋云悠忽，山风匆匆，天蓝近到可触。忽而就有些怅然起来，四周的鸟语或人声，瞬间遥远了。因着这个树桩，感觉与遥远的过去热络交谈。

有一段时间了，有点累，在这个初秋，多了些物是人非与年龄增长的负担。一直认为，总是咀嚼记忆的人不是老了就是对未来没有期盼了。所以，刻意下来，过去有些恍惚，于是真想成一棵树，可以细细辨别过去的点滴。

青华山顶有一棵万年青，长在绝顶的石缝里，虬龙般，记录的是挣扎与不屈，还有内心那一点点的倔强与好胜，郁郁葱葱。百年一瞬，此刻却是美丽着自己的美丽。这棵树的年轮里记载了什么呢？青华山顶有卧佛，卧佛的兴衰它也是仅知一段。四季的轮回，它记录在自己的内心，随着风霜雨雪的飘摇，它还之以深绿满树，开花、结果，虫虫们的生活、鸟与鹰的盘旋，它静静地看了多少。最是那些站在面前的人们啊，朝拜的、观光的、虔诚的、征服的，这是绝顶，于是该是些所谓的胜利者，哪怕是来寻死的，也是绝顶一跃，多些执著与坚定……树还是树，记录该记录的，忘记该忘记的，活的还是那棵树。这是树告诉我的，也是我要告诉自己的。

于是，自己快乐起来了，**每个人都是一棵树，年轮永远有，花永远要开，四季永远要经过。**

很小的时候，奶奶养花。有一棵很是恹恹的月季，花开很小或寂寞地不理四季。奶奶很用心地呵护它，但总不见起色。一天，奶奶终于放弃了，跟我念叨："这棵月季自己不想活了，由它去吧。"那一天我才知道，原来花草也有不愿意活的，它不想活了，也就活不了了。不想快乐了，是不是也就快乐不了了。

青华山顶有卧佛，算来也是几千年的摩崖，沉睡的佛相庄严、恬静、沉稳，睡了几千年了，接受着太多的朝奉与指责，风雨风化，倒多了几分沧桑与庄严。静穆之所，禁言噤声，佛的沉睡与门前的万年青，倒是登对得一塌糊涂，动静之间，沉睡与摇曳里，禅意禅悟也就在这一瞬间。那这棵树曾想过是否要活，是否要快乐么？还是就是一棵树，该快乐快乐，该成长成长？

不探讨人生怎么样是一瞬，很容易虚无；不探究来世需要今生的修行，今生要还上世的业障，很容易宿命；我们是一棵树，四季里活着，记录着过去，只要曾经没有什么让我们死亡，我们就是一棵树，好看与否，活着就是快乐，也必须快乐。除了自己决定死去或不得不死去，我还是一棵树。站在佛前论道，站在路边行道，站在森林活着群体的快乐，一棵树而已，你是、我也是。

很多的树自己不想活了，很多的树现在不想快乐了，其实过得几年，年轮上记载的也就是有些贫瘠的一道线而已，自己看起来都会一丝笑意的。做一棵树，似乎就要完成自己年轮的一步步刻画，只要春天还能发出新芽，那就能在年轮上再画上新的印记。

我只想我是寂寂角落的一棵树，不好看也难堪大用，不开花也不结果，但却是一棵快乐的树。

你的灵魂始终陪伴你，
只愿你从未缺席

世界最多是个冗长的肥皂剧，没有导演，只有编剧。你可以选择演自己，或演自以为的自己，或演个别人编剧的角色。演自己就让心去编剧，演自以为的自己就让脑袋和身体编剧，演别人就让别人编剧。

冬如约而至。

上下班总要经过几条路，法国梧桐参天遮蔽。法桐最有感觉，四季不同，春有满树嫩绿，夏时遮天蔽日，秋雨滴滴答答，冬呢，随着风叶落满地……

忽然，就觉得与世隔绝。遇到红灯，偶尔就有落叶落在发动机机盖和风挡、天窗上，轻微的碰撞声，偶尔还会翻个身。音乐是电台播放的，听不听该是无所谓。发动机轻微抖动，窗外人流匆匆，落叶无言，冷静，冬还是如约而至了。

车开过，满地落叶翻滚，风声鹤唳，秋深冷渐，初冬来临。现代的城市很煞风景，路上落叶残留的机会不大，连树上的，都有环卫工人举着竿子敲打，落叶在现代也不自由了。想来环卫工人也辛苦，也是为了生计与各种要求。但初冬就显得落寞了，真的很喜欢落叶随风的感觉，飘飘荡荡，漫无目的又宿命又目标一致。有点像城市里的生活与人生，似乎随波逐流，又挣扎而七彩有趣。

总在怀疑自己是不是自己，自己到底能在哪里遇到自己。

我到底是那个想成为莲花的玫瑰呢？还是那个自以为是生命的舵手，实际也就是个欲望满满贪吃的猪？还是我就不该出门寻找，自己就安安稳稳地待在家里，出门找久了，反而把自我饿死在家里？还是我就是个镜子，世界是什么样子，我就是什么样子，偶尔也就只会因为灰尘和阴晴而需要适时擦拭，调校焦点色彩？还是心和脑袋身体，本来就对立，本来就有两个自己？

于是有点像青春期般的骚动不安，渴望邂逅真正的自己，为此惴惴不安，辗转反侧。

我该不是那只欲望满满的贪吃猪。成就不是成熟，但成熟一定是已有方向。要猪奔跑就只需要两点理由，恐惧或是食物，都会让猪奋力一搏全情投入。被社会淘汰的恐惧，被物质诱惑的欲望，现代人这两点倒是跟猪差不多哦。看似目标明确，最多也就是恐惧和欲望的集合。就算到了沉沉睡去，能做的梦也只有恐惧和食物交替。每个人，还自以为如船长般屹立船头，指挥若定，全船景仰，人生很有目标的航行，其实也无非是欲望获得什么或是因为恐惧逃避什么。

我也不该是那个想成为莲花的玫瑰，虽然很多人如刚出生的鸭子一般，第一眼看到的就认定是自己的妈妈，屁颠屁颠地努力成为不是自己能成为的自己。努力成为莲花，连玫瑰本来的样子也忘却了。莲花没有做成，连玫瑰的美丽与芬芳都无从绽放。"梦里不知身是客，一晌贪欢。"及至忸怩作态如病梅虬然，连伸展筋骨的机会都没有。也怕被谁指认为不是莲花，揪出来狠狠地踩在脚下，零落成泥碾作尘，香不如故。倒羡慕溪边雏菊，且开且落，自开自落。

我同样不该是那个出门寻找自己的人，我渴望邂逅而不是寻找。太多的人告诉自己，我出门闯荡，等我如何如何了，我会回来，我会把自己找回来，过我自己想过的人生。可能吗？你拿未来去给过去承诺，拿未来换取未来。真正的自己，在家真就饿死了。把未来的回归当作承诺，那你今天就是一种谎言。你会沉迷于外面的自己光鲜的华丽丽，在家的自己却已然如木乃伊般恐怖和凄惨。

另一个自己也该不是那面镜子，菩提无树，明镜非台。把自我当个映照，虽看似闲适淡然，来了就照，不来虚无。可惜的是，"感时花溅泪，恨别鸟惊心"，一个阴晴圆缺，点滴灰尘，焦点不一，就幻化了多少可能。环境决定情绪，情绪又决定意识。太多的不安与沮丧，来自于自顾自的自怨自艾。被迫害的妄想，什么时候成了现代人"自信"的一部分？虽然是个平凡人，好运气无缘，可有了坏运气的时候，自信到自己就是那个天下最不该受迫害的人。看似明镜无物，其实变幻万千。

那我该是那个心与脑袋身体对立的自己，我们都成了精神分裂者？脑袋靠记忆，身体靠感觉，可怜心没有依靠，于是忽隐忽现。身体偶尔歇息，脑袋永远不停歇，心于是永不自由。其实思维属于让历史告诉现在，身体是让现在告诉未来，只有心无辜地孤苦伶仃，盯着现在。于是乎，当你缅怀过去、畅想未来的时候，让脑袋控制心，心也只有死心塌地蜷缩无语。

才知道，每一时刻，你都和你自己在一起，只是他比较委屈、比较隐晦、比较不知所以。明心见性，心找不到，见的是什么性呢？大脑因着过去思考未来，身体因着环境决定状态，心不太好找呢！

世界没有偶遇，只有必然；世界也不是一面镜子，映照你的万千变化。世界最多是个囧长的肥皂剧，没有导演，只有编剧。你可以选择演自己，或演自以为的自己，或演个别人编剧的角色。演自己就让心去编剧，演自以为的自己就让脑袋和身体编剧，演别人就让别人编剧。悲欢离合，跌宕起伏，大幕拉开，曲终人散……

也或许，元神出窍，黄粱美梦，蚂蚁缘槐夸大国，这一出才子佳人，江山更迭，前无古人，后无来者。凄惨处，风云变色，江山动容；快乐处，宝马雕车，山巅长啸。梦是很好，也该醒醒了。

冬日如旧地行进着，寒冷也就闲闲地看着，闲闲地过着……天高高的，月亮竟然与太阳约见成功，冬没有晚霞，只有天边淡淡的赭色，阳光无力，但很通透。

一个值得活的年代，一个值得纠结的冬天。

每个苦逼努力的人背后
都有一群指点江山的神

一般总是告诉自己，做任何事情，若能偶尔冒出一个新的声音来指导自己是件好事。甚而有时，事情只有一种解决方式，环环相扣的时候，自己反而四处挑事，希望有些不同的声音响起。

一般总是告诉自己，做任何事情，若能偶尔冒出一个新的声音来指导自己是件好事。甚而有时，事情只有一种解决方式，环环相扣的时候，自己反而四处挑事，希望有些不同的声音响起。

人无所谓孤独，逆流向上，必然碰撞上随波逐流或行进得比你慢的人；顺流而下，必然跟还在积极向上或是比你悠闲的人打得不可开交。如水的人生，虽说船到桥头自然直，但实际操作起来，想必也是战战兢兢，青筋暴露，号子连连吧！但不管你这条船上，有几个人或是孤身一人，每个苦逼努力的人背后都有一群指点江山的神。德谟克利特说的"人不能两次踏入同一条河流"是个时空概念。生活是个选择，生活无法权衡。平行时空理论像极了佛的四万八千法门，没有穿越，你可能永远不知道当初不这么选择，你现在会收获什么。

于是问题来了。那些神们，指点江山、激扬文字的时候，你如何？

想来无非这几种情况：一、你的选择是错误的，应该停下来；二、你现在的方式不对，方向正确；三、你的快慢有问题；四、你的技巧有问题；五、你的消耗有问题；六、你的结果必然不是你说的，需打折扣；七、你没有考虑变化；八、你的细节有纰漏……林林总总，再加上相互组合，可能无限，变幻无穷，舌头撬动世界，改变时空。

佛教讲，佛法四万八千法门，唯有念"阿弥陀佛"最为法简效弘。其实无非是八正道的一个解法，正见、正语、正业、正命、正方便、正念、正定。没有道行深究，倒是面对那一群指点江山的神们，真需要找个简单法门呢！

战略决定战术，战术服从战略。听起来很大，其实就是方向决定目标达成。所有的神们，只要质疑你的战略，你必须警醒吧，对错无碍，悉数受之。战略目标永远跟时空有关，不似学佛，成就与否其实无所谓，在路上比是否成就更重要。在预定的时空已经无法达成的战略，要么调整，要么放弃。若时空允许，则该任尔东南西北风吧。

正向思维决定接受与否。神们的指点，没有不信息确凿，不迫在眉睫的，其言也切切，其情也真真。好啦，我们认同吧。你放弃自己也就放弃了世界，准确判断他是否是正向思维吧。负向和阴暗的，大可不理；正向的明媚的，细致思量。逆风才好飞翔。

权重决定是否改变。神们的指引，神在战略里的权重，神们所指导的事情节点的权重。永远记住，权重越高的人，越热衷于指指点点，永远要对那种"你这个逗号点错了"的权重高深的人，心存感激。权重永远存在，判断事物结果的对错很容易，但正确的事情未必有好的结果。神们的权重和他们指点事物节点的权重，决定了自己处置的方式和技巧。最怕的是"此山是我开，此树是我栽"的主，扼守险要，本事不大，节点权重很厉害，蛮费人心思。偶尔需要"智取华山"的招数，独辟蹊径地绕到他的上面去。

参与感与旁观者。我们到底是该认同参与事物其里的人，还是寄希望于旁观者清呢？我倒是建议，因为没有权重没有参与，没有所谓的正向和负向，没有共同的目标，所言所视，反而清明澄净。至于人在事物里，那个《邹忌讽齐王纳谏》，还有国学大师钱穆离开故国的判断原因，同样值得深思。

你的权重。其实万事是"缘法五分，随缘五分"，你做得再好也就是50%，剩余的50%，你能影响但不能左右。你在属于你的50%里，权重如何，决定了这个事物的朝向。若是多多少少能够影响其余的部分，那及格的概率就大了很多了。

你是否已经竭尽全力。这个话在鼓励别人的时候，要经常说。但在事物里，你如果已经竭尽全力，那就如一台没有后备功率的发动机。如果遇到风浪，如果从内河到了海上……那个余量没有，就是看到了成功的模样也会如过眼云烟、海市蜃楼。神们对你常说的，就是你还可以再激发潜能，你还可以再竭尽全力，姑且听之，姑且听之。

每个苦逼努力的人背后都有一群指点江山的神！神们孜孜不倦，你也就需要继续苦逼。

其实，
那个久违的自己从未远离

初心难忘，自我难寻。不是这个社会多么可恶，把你涂改得自己认不得自己，或是强迫你不做自己。社会对谁都不会那么邪恶，因为你普通到不值得世界关注。于是，没谁做不了自己，只是问问自己，你愿不愿意做自己。

前些天，有朋友去了藏区，据说是寻找自己去了。回来一起聊，我讶异于他的皮肤没有什么高原红，他兴奋地告诉我在那里找到了久违的自己。

他说：雪顿节罗布林卡的晒佛，当那无比庞大的佛像慢慢展开，人们将哈达抛上去。雪山在远处映着无比蔚蓝的天空，周遭的一切声音都消失了，他觉得自己如婴儿般纯初，现在的自己羞愧难当地成熟着，竟然需要仰视那个久违的自己。

我倒是想问：原来那个久违的自己，在那个无比圣洁的地方，也不太远也很遥远，那找回来不就得了？

勿忘初心，这是个鸡汤类命题。在鸡汤里，世界上的人一定是比现在的多得多，因为每个人都丢了自己。这个世界也一定很奔波、很忙碌，因为太多人都在寻找久违的自己。这个久违的自己，是在遥远的圣地，还是在什么穷乡僻壤，还是隐于自己的周遭，若即若离飘忽着、模糊着，为你心痛也为你不屑？

世界很单薄，人生很深厚，所以你纠结于自己是否按照自己的轨迹在走。老是觉得自己丢了自己，在哪儿丢的，是自己不小心，还是被迫？是因为害怕原始的自己，还是演别人演上了瘾？还是觉得丢了蛮好，没有那许多的纠结，老是问自己是谁，那多么无趣？还是，反正这个世界麻木和坚强大致一个意思，麻木反而偶尔显得更能接受打击？

丢了的可以找回来，被抢走的可以夺回来。怕只怕，演出太尽兴！娱乐无极限，快乐永远不是看着自己，是看着自己去演别人。痛苦了是别人的角色问题，不是我明星般的出演有什么问题。错误永远不在自己，免责的人生反而容易，车险首选不计免赔，不知道人生能不能，演了别人就似乎有可能。

演别人总有倦的时候，名角还怕自己局限于某一种角色，在每一次的演出和角色选择里，争取突破突破自己。可惜你，演得驾轻就熟，是绝不愿意再去换个什么莫名其妙的角色，那太挑战，也太没有意思。你总是觉得，学会偷懒的都是聪明人，努力突破的都是自作自受。那还是做个千年老戏骨，谁都是别人戏里的配角，将自己变作自己的过客。

其实，谁也丢不了自己，谁也没有被谁抢走自己，谁也不是戏如人生，人生如戏。或许，仅仅是因为你恐惧你自己。世上最有力量的东西，要么是可以摧毁你的力量，要么是那些看似柔弱却直击心底的东西。纯初的婴儿，让你开始爱得泛滥。只可惜，真的面对纯初的你，你不是久违的快乐，倒是无限的恐惧。做一回久违的自己，远比让你去出演变换的角色难得多，充满了恐惧。

恐惧自己，是你自己建立起来的。因为你已然界定了你的所谓的正常，任何正常之外都是恐惧。你总是对那个自以为的自己的正常和那些所谓的已知依赖，要么演绎别人，要么忘记自己，这让你越发恐惧即将发生的事情。于是，你真的怕的不是别人，是自己，那个久违的自己。那个不能摧毁你，却一定纯初得让你羞愧和心疼的自己，如婴儿般的自己。

你的恐惧来自过去的记忆，来自对未来的臆想。你总是尝试解释生活，而不是面对人生。解释的目的就是抛开你的责任，洗清你应做的。于是，你丢了自己，而且还义无反顾，毅然决然。

为什么会在某个圣洁的地方，或是自以为的地方邂逅自己？你安静了，还是逃离了那些纷扰？还是，仅仅是在那里才发现，自己一直没有远离。有个朋友问，你为什么学佛？我说，因为不想轮回。他说，轮回不是佛的教义吗？我说，不是吧，轮回是告诉你，今生你没有做自己，下一辈子需要重新来过。睁眼闭眼，呼吸之间，造的什么怨业魔障，也无非是自己割裂了自己。

反正你从来没有打算活一回你自己，也就没谁精神不分裂。这个世界属于孤独，没事审视自己倒是成了打发寂寞的利器。于是，闲来无事，你总是寻找那个久违的自己。这个寻找自己的旗号比寻找自己的目的重要，原因比结果重要。那你的人生不是不停等待结果的过程，倒是辛苦劳作，一直在种些原因的种子。一次次丢了自己，一次次寻找到自己，再一次次怕了自己，于是邂逅自己却即刻分离。生离死别也就这样，凄凄切切也就那样，喜的是找到久违的自己，悲的是立刻忘记了这次偶遇。

初心难忘，自我难寻。不是这个社会多么可恶，把你涂改得自己认不得自己，或是强迫你不做自己。社会对谁都不会那么邪恶，因为你普通到不值得世界关注。于是，没谁做不了自己，只是问问自己，你愿不愿意做自己。

该是，那个久违的自己从来没有远离。只是等着你做一回，久违的自己。

不争，也有属于自己的世界

不属于自己的人生，也没必要诘问，我来自哪里，去向哪里，我是谁。从别人那里来，去别人那里去，我是别人眼里的我。答案超简单，也就超凄凉、萧索。

北方的春天，总是和清风有关，总是和阳光有关。清风摇动树枝，不再感觉到萧瑟；阳光照下来，不再那么暧昧和与你毫不相干的时候，春天该是到了。

迎春努力自顾自地开着，等着别的花开，好延续春天的昭示。当你知道，春天会在一夜就斑斓、喧闹的时候，惴惴等待和满怀期望的时候，春其实已经来了。

俗话说"泥菩萨过江，自身难保"，中国人的戏谑掩藏在历史厚重的面具之下，知道是个泥偶，不表示我不虔诚地拜。但也知道，你毕竟出水两脚泥，也没有清者自清、浊者自浊的本事。

一个民族和文化，点滴微细的现在，都能在历史里引经据典，找到案例，现代的人真是痛苦。人生不再是创新，而是片段的粘贴和复制，甚至是造假的时候，这个人生也无味得很，咀嚼过的馒头也好，山珍海味也好，牙都懒得动了。

无论你做什么，前边永远有各类的仰止高峰，你开始做的，必是一种变种而已；你成功的，必是借鉴而来；你失败的，早就有案牍可查；你所思你所想，顶多是个百衲衣，五彩斑斓、缝缝补补、材质复杂。春秋不孝无后无"子"，盛唐之后无好诗，两宋之后无好词……连诗仙李白都感叹"眼前有景道不得，崔颢题诗在上头"……林林总总，让人很是沮丧。

一直在做着营销管理的工作，人生重复得厉害，厌倦到经常。人性本无善恶，营销归根结底，利用人性而已。利用善也好，利用恶也好，也仅仅是个标准，被利用的人生就是善恶昭彰了。一善一菩提，一恶一地狱。双赢，也无非是人性分了善恶后的妥协而已。

及至营销人生，打着善恶的标准答案，即如禅宗佛学里常讲的，经论修行本身是个工具或是一种途径，为了终证佛法而已，但你要把工具和途径当作佛法，怕是把混沌当作了习惯和宿命，买椟还珠。

春初繁花，草长莺飞，踏青归来，总是衣履携香，泥气芬芳。但人生是渴望穿越一条河流的河而已，你又如何能保证穿越过去的河流还是那条河流呢？

一桥飞架南北，河上河，飞虹卧波，互不干扰，我流淌我的，你流淌你的。穿过这条河，我还是我，你还是你。我延续我的人生，不会变色，不会浑浊，最关键，我不被改变和强行杂交。恰如南山隐士，得道高僧。世俗无碍，但是我不介入。人世流转，世界殊异，春在清风心在莲花。这是人生的梦想。

或许，我急匆匆地冲入这条河流，不仅能做到泾渭分明，还可以穿越而过。不管这条河流如何藏污纳垢。恒河沙数，洁污莫辨，我依旧可以凭借热情、凭借努力、凭借机遇、凭借上天的怜悯、凭借坚持和坚守，依然故我的纯洁，处女情结，完美主义，天之骄子必被垂怜。我不改变世界，世界也不要改变我，我只是跟世界共处一段时空而已。这是人生的幻想。

更或许，直如特修斯之船，我人生的河穿越了这条河流，或许我瘦了，或许我离开了原先定下的彼岸之点，或许我胖了，或许我不洁净了，或许我更纯洁了，或许我面目全非，已无多少原先的水流……只是，只是我穿过了这个河流，我保持了我的方向，我可以奔着我的目标而去。这是人生的理想。

大多数，我们涓涓细流汇入社会的大河，随波逐流，近朱者赤，近墨者黑。太多的人生，期望去改变别人，改变生活，最终都是被生活改变。社会的目标就是你的目标，别人的标准就是你的标准，你其实没有被改变，只是被同化。说着别人的话，干着别人的事情，成就着别人眼里的自我，在意着别人的在意。汪洋大海等着我们，我们或许抽空盘桓过，也激流勇进过，也曾驻足停留赏赏沿途的春秋斑斓。宿命也好，机缘也罢，那个海洋，耐心等待你。这才是我们的生活？

人生不是薛定谔的猫，纠结到恨不得把大脑毁掉，生死在任何一刻都未卜。人生该是，那条渴望穿越河流的河，唯一的坚守无非是持续改进，衍变创新。一生只有一次的东西是当下。幻想也好，理想也好，甚而梦想也好，无非想给社会昭彰自己的存在，或者能够留在未来的人的记忆里。但，及至达成，或许发现，仅仅是一次深呼吸而已，只不过不仅是身体的，大脑的，还是心的。

人总是要活着，而不是活过。行进属于别人的人生，或复制、粘贴社会的碎片，那样的人生属于别人，不属于自己。总不能一直以为自己在行进自己，原来自己在行进别人。不属于自己的人生，也没必要诘问，我来自哪里，去向哪里，我是谁。从别人那里来，去别人那里去，我是别人眼里的我。答案超简单，也就超凄凉、萧索。

穿过社会这条河流，目标已然清晰可辨，背后的喧闹熙攘，渐行渐远。前边的土地干涸渴望。自我的这条河流，冲刷着人生的蛮荒，浸润着万物的亲和，远方的大海不可知、不可见、不可期，或许永远达不到，或许就在不远的前方。此生的轮回和下世的消业，是信仰，也是戏谑。嗔恨心不毁善根，当下的我如水流动。你现在做了什么，比你过去曾经做了什么重要得多，也比你未来准备做什么重要得多。

春天毕竟来了。阳光在春天初发的柳枝里，来来往往。

人生不过是一场自我认知的过程

　　人生是没有传奇的传奇，因为你越了解自己越孤独，而越了解自己，才明白，人生不过是认识自己的一个过程而已，或许你一辈子也不会了解和认识自己。

　　秋在北方，总是来得淋漓尽致，不似春天的反复和悄然猛醒。

　　叶一夜或许就斑斓了，天空一瞬间也就高远了，云轻浮，柔美淡然。运气不好的话，攒了几天雨的连绵，似乎都可以触摸冬天的面庞。见到阳光，欣喜若狂的时候，天就凉了。

　　今早，望着窗外，累日的雨洗净了天空，但也溅得玻璃斑驳。院子里，雨让砖地和树木都有点不胜浸润隐隐泛水的味道。一只猫悠闲而谨慎地穿越空荡荡的院子，下脚随意又有点审慎，怕是感觉凉意了吧。它倒是做好了准备似的，黑白相间的皮毛油亮润泽，长而蓬松，身形矫捷而丰润。好奇害死猫，但我也好奇猫如何选择在这个时候以这样的路线、这样的状态穿越这个院子。

　　收获的视觉嗅觉刺激，富余满足的计算，对于耽于城市的我们来讲，已经不多见了。可惜我们上溯三代，应该都是在土地里刨食的主儿。于是，秋天来的时候，总是基因影响般算计成熟与收获。

人们最景仰的是先知，但最相信的却是经验。其实先知也无非是信息量大些，判断力强些，脑袋还是自己的脑袋的人。历史同样是他们的现实，甚至推及到未来吧。但是太多的人，这一次慨叹先知的预知能力，下一次依旧怀疑着、哂笑着等待先知预言的破灭。

其实很多的事情的预期很简单，要么是"春来水暖鸭先知"，直如高个子比矮个子早些知道下雨，因为鸭子的脚丫子感觉到了，高个子的光头落雨滴了；要么，如猎人下套，因为他有太多的方式了解猎物的习性、环境的因素；要么，如大马哈鱼的洄游，几万年了，今年过年也一定会来，今年过年不收礼的可能性不大……

但是，怀疑是人的本性哦，要么幻化自己的收获，运气大大的，瞎猫碰上死耗子。要么，自慰似的讨论一下，当初不这么做，会不会更好？佛有四万八千法门，总允许人臆想一下更多可能的结果吧。谁都不敢说现在的自己是最好的自己，对于事情也怕如此，所以，指点江山的人总是淋漓尽致，于是事物总是看起来别扭和窝心。

过去的几年是历史还是现实？没有什么改朝换代的大事件，或是思想启蒙者的灯光燃起，历史对于我们永远是现实。中心思想很明确，你不是天外飞仙、穿越时空到的这个点，小到个人，大到企业，历史就是你的现实。不管你想得通还是想不通，理解不理解，你怀疑现实的结果就是扼杀历史。

成熟需要成熟地等待，老人常说：你最大的福分是受得住你的命。该是想说，你收获的该是你收获的，水到渠成，小聪明当不得饭吃，好运气不能用完。别奢望，误打误撞、毫不了解的收获和结果可以长久。快速发展可以解决很多问题，因为发展了，当初很多的问题就不是问题了。但前提是，你明白，老的问题解决了，新的问题靠发展能不能解决，什么时候歇歇，等待收获，等待成熟，等待结果。

没有什么事情不能做得更好，毕竟我们的时代太高速而多元，技术总是能满足欲望。在农耕闲逸、天人合一的时代，真有很多过犹不及的担忧，这个时代不会。只是，了解一下，值得做得更好吗？战术决定细节，战略决定取舍。纠结是我们时代的标签，于是好与坏开始界限模糊，一笔烂账。

创意来自焦虑，智慧源自静心。因为纠结，我们焦虑，于是无穷的创意产生了。没有创意，这个时代的人会被自己抢先于别人把你溺死。焦虑是呼吸，创意就是心跳了。但创意的是生活，不是人生。人生需要的是智慧，可惜如"虚心若愚，求知若渴"，显现的是卑微的自己，智慧本身不卑微，可惜需要一个卑微的外壳，而不是事事通达地高高在上。

一个师父说给我听，他怕我两点：一、好日子过得太久；二、闲了没事"作"。这个"作"，该是"作死"的那个作吧，很拼命、很努力、不自量力、自寻死路的意思吧。好日子过得久了都会"作"吗？那每个人，每个家庭，每个团队，每个国家看样子都该是因为"作"而死掉了吧。

这时的阳光有点跟白云开始暧昧，间或的蓝天有点让人忘掉思想。人生是没有传奇的传奇，因为你越了解自己越孤独，而越了解自己，才明白，人生不过是认识自己的一个过程而已，或许你一辈子也不会了解和认识自己。

这个秋天，有点早熟，但那只猫早已做好准备，喜欢猫是因为它闲适、神秘、自我，却又目的明确，意志坚定。不像狗，目的就是主人、食物、玩。

阳光又出来了，树影破碎，那只猫又出来溜达，它是因为成熟地知道秋天来了。于是，在这个时刻以这样的形态这样出现，按照它的步伐走过庭院。

愿你的世界有孩子般纯粹的天空

都说孩子们是张白纸，看人生如何去涂画。那我想孩子成为天空，你如何画？你永远只能画天空的一角，画不尽天空的全部，这才是那个孩子般的成熟。

这个题目很搞笑，我们的成长不就是为了不像一个孩子那样幼稚，不像孩子那样容易受伤害吗？为了不像一个孩子那样大惊小怪，感觉万事万物都是新的吗？学会理性地，用知识和经验去面对现在和未来吗？那说什么，像孩子般的成熟？！

那我们到底要怎么样的成熟？

那天孩子问我，为什么我说天下乌鸦一般黑？我说乌鸦都是黑的。他问，都是？那个无邪渴望，使得我不敢再敷衍，于是查询一下，原来世界上不仅有几种不是全黑的乌鸦，竟然还有一些全白的乌鸦。于是心安理得、理直气壮给他解释，天下乌鸦一般黑是句俗语，代表了大多数情况，不是全部，是一种说法而已，他点点头满意地玩去了。

我默然，成熟是为了接受还是判断，是为了漠视生活还是存在惊喜，是做个归纳箱、检索书，还是面对新的事物惊喜不断努力探索？这个刹那过去的世界，还是原来的那个世界吗？我们带着太多的"测量仪器"，量化我们遇到的一切，与过去我们知道的一切比较，然后分门别类储藏。我们背负过去，审视现在，怀疑未来。过去是天经地义的，记忆是天经地义的，冷漠是天经地义的，迟钝是天经地义的，我们的任何妥协和诒媚都是成熟而必须的。这是我们要的成熟？现代人坚强到水火不侵，同样脆弱到满脑袋天线。这样的成熟真可怜得可以。

禅宗公案里那个"来一杯茶吧"，截断的是喋喋不休的讲述，同样也是静心的喜悦。这杯茶就可以截断过去，体味喜悦；你要是还在搜索这个茶跟你以前的某次茶一样或是哪本书上茶的品评，这杯茶又无法截断过去了。前边的一千句话不如眼前的一杯茶。

喜欢孩子的善忘和惊喜连连，喜欢对着一片叶子上的毛虫大呼小叫，更喜欢把蜘蛛侠的蹲姿形容到海豹的样子……怕了什么，也会小心翼翼地再次触碰。喜欢了什么，会把脸都紧紧贴上去……晚霞的美丽他会惊叹屏息，明天晚霞的美丽依旧惊叹屏息……泪痕在脸的时候依然可以微笑，依然可以对待意识里的丑恶大加指责……可以在墙角观察蚂蚁一整天，也可以在想睡的时候安然睡去……只有人的认识，没有坏人的认识……只有昨天、今天、明天，只是靠着睡眠来区别……不用归纳，不用检索，真正的自己面对真正的现在。

沙如水，水如沙，水流过沙子没了踪影，沙子被风驱动得如水流动。沙的智慧是坚硬里的柔软，水的智慧是柔软里的坚硬。没有与过去的比较，没有现在的焦虑，没有对未来的奢望。

　　我们要的成熟不是这个吗？如水的智慧，如沙的坚强！做现在最该做的事情，包括安静地等待。都说孩子们是张白纸，看人生如何去涂画。那我想孩子成为天空，你如何画？你永远只能画天空的一角，画不尽天空的全部，这才是那个孩子般的成熟。我是世界的一部分，是现在这个瞬间世界的一部分，不会怀疑未来，因为我在现在，等待未来等来的是现在。我是这个世界的一部分，我跟这个世界息息相关，却又独立存在。因为我的努力，这个世界会美妙起来，起码属于我的世界会美妙起来。

　　天空因着白云而更蓝，因着鸟儿飞过而如画。

　　这是孩子的天空，或如孩子般成熟的你的天空。

未来承担不了你的安排

人总是折腾自己，经历的时候，那不如意的十之八九总在记忆里作怪，而那如意的一二总是在当下转瞬即逝。于是，今天的如意不可浪费，透支来的未来才不会成为债务。

"未来是未来的模样""永远不对未来说不"，两句话我经常给人说，几乎成了励志利器。几句话下来，一定让对方搞不清自己原先是为什么郁闷了。

我一直疑惑，人多大年纪，才不会被未来的虚拟美好欺骗，还是至死都会心存欲望，还是抑郁了，就对未来彻底死心了。

小时候，讨论盲人，后天盲的人、先天盲的人孰更可怜？那时觉得，一定是后天的，因为毕竟知道这个世界的模样，缤纷多彩，美轮美奂。大些了想，那些先天的，反而充满希望和充满幻想，有时候幻想和希望远比现实让人更能坚守。如吃一串葡萄，你是从最好的那颗吃，还是从最差的那一颗吃？从最好的那颗开始，你每一次都比上一颗差，但却是剩余里最好的那颗；从最差的那颗开始，你每一次都吃比上一颗好的，但却是剩余里最差的。哪个显示人的乐观与悲观情绪呢？这个让习惯辩证的中国人很是挠头。最后的结果就是看见一串葡萄，就强迫症地思考人生，或是刻意选择胡吃。要么就直接打汁，天下大同。

不如，将人生交给老天爷，撒骰子，如《大富翁》游戏，经营很重要，但是时机和运气更重要。

异想天开有时候很快乐，看到世纪初崩塌的安然，在快要崩塌的时候还创新地准备推出未来天气的金融衍生品，准备让大家拿钱来交易未来的可能。想法倒是很新颖，这样的期货，对冲一下，可以让很多行业避免未来的损失。可惜胎死腹中，令人唏嘘。

人生是场竞赛，还是一种经历，还是简简单单的塑造？虽然降生以来，你就没打算活着回去，但人总是热爱荣耀胜过认可真实的自己吧。平凡的人生让我们咀嚼无味，弃之不甘，但人生的奖杯不会总落在每一个人手上，让你高举和欢呼，享受注目和欢呼，鲜花簇拥。发奖杯发到手软的事情很多，得奖得到手软的人不多。就算参赛就三个人，得个第三名，只要有奖杯就行，花钱买也成。

可惜的是，每个人都独一无二，但注定没什么特别。"与众不同"，绝大多数时间，你是那个"众"，不是那个"不同"。或许该为未来买个保险。如果为未来的成功与失败买份保险，今天的你会不会更敢于挑战？

保险一，"未来承担得了你的荣誉，承担不了你的安排"。未来的美好一定可以如你今天的想象，但前提是今天你已经开始做了。但太多的"未来再说吧""未来我要……""等我……一定要……"，现在你都不做的事情，何必交给未来承担。未来承担不了你给它准备的事情和计划。

当你给未来安排满满，自相矛盾，未来的你体力不支，难于背负的时候，未来要么是个童话，要么是场噩梦。

保险二，"未来你必定成熟，也必定老去"。别指望未来的你会理解现在的你，悔意难当几乎是个必然，今天的承诺在未来总是被成熟戏谑。今天的血性和精力，未来必将疲软无力。

于是，你也不必希望未来的你支持现在的你，需要你现在的思维决定的事情，现在的经历和精力去做的事情，做做何妨？

保险三，"未来不是给予今天的奖赏，而是今天的作品"。未来不曾奖赏你，那些你认为的收获，只是今天努力完成酿造了而已。

你现在开始的东西，在未来未必有收获，但今天不开始的东西，未来必定颗粒无收。今天开始酿造人生，未来才能围炉畅饮。我们可以准备未来，但今天不能因为准备未来的庆典，忘了今天的劳作。

保险四，"未来可以透支，今天不可浪费"。白日梦让我们心情愉悦，你也可以透支未来的荣誉和收获。但今天不能因着透支未来，浪费了今天。人生不如意事十之八九，于是，人生不是来承受那八九来的，而是为寻找那一二来的。

人总是折腾自己，经历的时候，那不如意的十之八九总在记忆里作怪，而那如意的一二总是在当下转瞬即逝。于是，今天的如意不可浪费，透支来的未来才不会成为债务。

保险五，"坚守的结局大部分是同流合污，而不是成功、不是战死"。今天的白纸一张和精力无处发泄，无产者最革命。你可以坚守你想坚守的一切。但记住，你失败的可能性比成功大得多。

没必要未来念叨，为什么我会是这个样子，你本来就是这个样子，也应该是这个样子。除非你真的很特别，不是你现在的你认为你很特别，是未来的你认为自己很特别。今天的你和周边的人一样，都认为自己很特别，于是大家都不特别。

一金，"等待未来，等来的是当下"。未来不需要等待，未来在该来的时候就来了。可惜的是，来到的一刹那，变成了当下。如约前来，要么是虔诚烧香得偿夙愿，要么是计划周章缜密细致；没有如约，这个等待一文不值，如同臆想、幻听、幻觉；压根没来，你的时空就没有未来，不必等待。

是因为今天的你成为未来的你，不是因为未来的你塑造了今天的你。人生的计划和经营，是今天要做什么才能到达未来，而不是等待未来。

五险一金，很保险了吧，但也可能未来无法支付，不是笑话是最可能的结局。给未来买份保险，聊胜于无而已。

这个世界总是和我们想象的不同，但还是需要我们学会假装沉醉在每一刻里。**过去已然过去，未来尚未到来。**看着过去的你后悔厌恶，看着未来的你迷惑恐惧。或许唯一的温暖是现在的你，还有一点属于自己的光亮。这个世界本来是围绕着你转的，但是在你真以为这样的时候，就不再围绕你转了。

你总是把你的未来，设计得让你自己感觉艰险无比，于是你成功了，未来一定艰险无比。

在没有答案的世界里生存

　　等待未来等来的是当下，梳理过去梳理的是现在。于是浸润在当下，度过我们应该的人生，或许才是一种快乐。信仰并不让我们更坚强、更有力，目标并不让我们真正地度过人生。

　　冬该是来了，秋雨淅沥了很多天，间或着阴霾和雾霭，冷暖倒是让人有点糊涂。及至放晴了，日光倾泻，昭示的也仅仅是阳光的存在，有点欣喜，但不温暖的时候，冬已经来了。

　　又去了趟普陀，佛顶顶佛，一山门上镌刻"同登彼岸"，慈悲满宇的感觉；旅途归来，收到朋友寄送的书。忽而就沉静下来，秋收冬藏，得以在初冬的时节，有书的温暖和食粮，这个冬天会容易些度过吧。

　　人生到底是个流浪，还是个横渡，间或只是一种度过或浸润。没人想得清，明白的人都已入了另一个时空，没得机会给你倾诉谆谆教导。间或灵光乍现，又觉得语言粗鄙，词不达意，剩下无穷的沉默和微笑。佛菩萨们总是微笑，个把的苦相和恶相，也仅仅是种智慧，等着一点观照和映照的出现，虽然善男信女们有点恐惧和抗拒。

人生若是流浪，偶然就会成为必然。孤独是人的本质，流浪很符合孤独的定义，至少契合那些嘴上很孤独、脑袋很孤独、身体很孤独的人。流浪，缺点是没有矢量；优势（如果称为优势或快乐的话），就是一切都很偶然。偶然其实永远是种快乐，将人生交给命运的时候，既可以免责又可以窃喜偶然，上天给的惊喜我们欣喜若狂，上天给的磨难本不该我们承受，我们自可以推给这个不公平的世界。既然我们注定孤独，我们需要的就不是智慧，只需要无限的欲望；既然我们在流浪，我们没必要坚守我们的方向，没有原则的人生，最是惬意吧；只要点缀些运气、贴些慈悲，就是完美的自己。

可惜，真的很可惜，虚无是文化人的事情，我们的脑子没那么好使，也就没必要那么痛苦。我们的人生总是把欲望当作我们的方向。不管庙堂上坐的是什么、佛也好、菩萨也好、上帝也好、耶稣也好、坞利业也好，十方神圣，万千神灵，一棵树、一块石头都成为顶礼膜拜的对象的时候，这个流浪也就结束了。甚至某天某月某日，对着八府巡按监察御史，再不济对着父母高官，公司领导，上香顶礼，屈膝虔诚的时候。流浪生涯结束，奴隶生涯开始，流浪是因为没有矢量和边际而痛苦，奴隶倒是因着几尺狱墙让你心安，只是因为有着边界、范围，就让你安全感倍增？虽然救世主们，有着朝三暮四的把戏，但有总是聊胜于无，起码不再担心下一顿的没有着落。

其实这个归属感跟流浪是一回事。

那我们还是做个人生的横渡吧。苦海无涯，回头是岸，此岸非彼岸。出生面对的只有死亡，达成死亡而不是让死亡接收，是种境界是种光亮。向着彼岸进发，我们风餐露宿，我们历尽劫难，我们饥饱相继，我们风雨交加、悲智双运、定慧双修、闪转腾挪、自伤自疗，咱泳姿多样，咱信念坚定，咱绝不旁顾，咱意志坚决，咱手段坚韧，咱冷暖自知，脑袋逻辑清晰。人生是一种目标的时候，生活就是个流程和节点控制，方法论成为生活的全部，那铭刻在脑子里的目标，就需要不停地提醒自己。

有了目标的人生总是充满希望，有了目标的人生总是坚定而充实。怕只怕，泅渡了半程发现目标达不成、目标在游移变换，最终的结果要么是出师未捷身先死，要么是不停变换目标。不怕慢就怕站，喘口气都怕耽误自己的未来，精进精进再精进，犯了执著心，自然有了区别心。有了区别心，自然目标在变换，那这个人生的横渡，彼岸无花。

人生该是一种浸润和度过吧。

世界因你存在而改变，但不会因为你存在而适应你。没有彼岸也好，有了彼岸也好，无花无果，无生无死。死后要去的地方跟生前你来的地方没什么两样。人生因为欲望而流浪，人生因为目标而无法活在当下。时间是个量度，没了时间现在的你和曾经的你没有任何关系，只是物质状态有了变化，及到分子、原子、粒子状态，或许连变化都没有。

验证自己的欲望充斥这个世界，别人的眼光和缅怀，成了你终极的目标。达成的人，从不担心自己被世界认同，他改变的是自己，他从来不改变世界，世界是被认同他的人改变的。人生是个自己的心与脑袋、身体战争的旅程，通常脑袋最终获胜，因为他有记忆和技巧，因为身体热衷于被他调教，唯有心过于纯初，也过于弱小，于是淹没在脑袋和身体的控制里。

身体不完全属于我们，脑袋不完全属于我们。身体属于环境，脑袋属于历史，可能只有心属于现在的自己。其实人生或许真如此，服务身体的欲望、环境的约束，好坏的判断是别人的语言或自己的脑袋。每个人做他所做的事情，都似乎是天经地义的，被环境、被他人所迫的。但抛开脑袋和身体，其实我们可以拥有心存在的。自我总该明白，生活是一种人生的继续而已，但生活不是改变人全部的理由。什么时候环境对于自我产生欲望，而不是自我对环境产生欲望的时候，真就需要小心翼翼地应对，去保护那颗醒来的心。

等待未来等来的是当下，梳理过去梳理的是现在。于是浸润在当下，度过我们应该的人生，或许才是一种快乐。信仰并不让我们更坚强、更有力，目标并不让我们真正地度过人生。

彼岸无花，因为此我无心；彼岸荼蘼，只因此心醒然。

孤独里的喜悦

随时找到自己的内心，没有为未来担忧，没有为过去思虑。想想那些哇哇大哭的，然后破涕而笑的孩子，内心的喜悦是不是已经有模有样，逐渐浮出来了？

近期，还债般看完了一本书，是关于《瑜伽经》的，梵文译成英文再译成中文，估计也就了了。只是因为很久了，断断续续看，费心费脑，不看完似乎有点对不住这本书和自己。

静心是个时尚，冥想是种境界。《瑜伽经》倒不是讲如何做瑜伽，讲了些身体与环境的关系，心与身体的关系。东方讲心，问过西方的朋友，他们倒是没有太多"心"的概念，大多数还是讲求头脑，毕竟"心"是物理、生理方面无从解释和认证的。到了这几年，似乎也有些开悟，《象与骑象人》其实多少有些东西方融合的意趣。

看完倒是有些别的想法冒出来，"每一个人的人生目标，看似是消除孤独，其实无论成功与否，验证的只会是孤独"，成功对于自我认知也好，对于环境认同也好，越成功越孤独。孤独不太理性，跟大脑无关，大脑理性思考的话，成功有太多的物质和情感来验证，孤独就是心底深深的本我了吧。

君子慎独，语最早出自《礼记·中庸》："道也者，不可须臾离也；可离，非道也。是故君子戒慎乎其所不睹，恐惧乎其所不闻。莫见乎隐，莫显乎微，故君子慎其独也。"独处成了君子的软肋，君子修行若是为了昭示，独处时的自我就有些张狂。遇君子比君子还君子，遇小人是真小人，独处时百无禁忌，随心所欲，天马行空，这样的君子其实小人得可以。其实慎独，除了独处时候，还有身居高位也为独，身处与人政见不一亦为独，身处喧嚣之下内心孤独，身居逆境仰视无靠也为独，众人皆醉我独醒也是一种独吧……

其实说了半天，是先戴个帽。因为内心找到了，从头脑和身躯剥离了，"独"就冒出来，于是很多时候，静心冥想成了善恶的分水岭，很多的邪教也由此发端。所以，静心冥想喊多了，多了些灵光乍现的技巧性收获，那样的静心冥想与最初的瑜伽也有些背离了。

苏轼有诗，《东栏梨花》："梨花淡白柳深青，柳絮飞时花满城。惆怅东栏一株雪，人生看得几清明。"想要看得清明人生，怕是要跳出躯壳旁观之吧。这样的"清明"也多了几层意思吧，一来是行进的人生到底有多久；二来行进的人生到了终点，到底有多少时光是清明辨析的；三来这个人生消逝了，世间还有多久、多少人清明时节有想过、念过、唠叨过这个已经消逝的人。一、三不提，这个人生的清明辨析该是静心冥想所求的吧！

"孤独"总是让人有点敬畏的词汇，但终其一生，寂寞可以填充，孤独总是如影随形吧！"寂寞可以读懂，孤独无法注解"，把酒临风，海天苍茫，总有那么点悲哀的意思，孤独里会有少许的喜悦吗？

　　前几天与师父探讨，"天堂就是地狱，地狱就是天堂""痛苦也是一种快乐"，师父说，分娩的痛苦似乎是痛苦分级里很高的那种，但这样的痛苦是一种快乐，因为清晰地知道在做什么；毒品给予人的快乐是无以复加的，但快乐就是痛苦了。"月白风清的时候，你不感觉孤独而是喜悦，这是我们修行人的目标吧！"于是，痛苦只要是清明的，或许也会是一种快乐！

　　喜悦来自映照观照，孤独来自静心冥想。尼采疯掉该是因为找到了自己，找不到自己的心；达摩面壁，该是找到了自己的心，丢了自己的躯壳。孤独的时候，自己的心在慢慢消散游移，还是慢慢强大而闪烁光芒，这个问题蛮难哟！

　　过去总是蛮害怕离群索居的感觉，物质信息时代，眼球经济已经式微，欲望经济大行其道。逃离群体，其实是逃离欲望，你知道不会被某个人打败，你知道你会被欲望打败。于是，倚着逃避，妄图找到自己。逃避什么都找不到自己。脑子转得太快，身体放得太闲，内心畏畏缩缩地在身体的角落里闪躲。于是愈发寂寞，孤独谈不上，仅仅剩下了寂寞。

　　我很喜欢有些人，在人群密集的地方，等候或闲适中，翻开一本书看，或是对着一枝花，真正关注和沉醉的人。随时找到自己的内心，没有为未来担忧，没有为过去思虑。想想那些哇哇大哭的，然后破涕而笑的孩子，内心的喜悦是不是已经有模有样，逐渐浮出来了？

虽然孤独，但喜悦着！

别人家的幸福，与你何干

当你有朝一日在自我的未来里，只是变成别人曾经的过去，你过上了记忆里别人幸福的生活，又何曾有些许的幸福感或是自以为的幸福？谁是你幸福的目标，谁又替代着你幸福？

古城的冬天总是被现代化搞得支离破碎，不知是冬天污了城市的天空，还是城市污了冬天的颜色。雪下得很白，很喜剧，也很优雅，却从来没有打算积攒着给人们惊喜，瞬间与街道和灰尘交融，不仅同流合污，而且彰显肮脏。

凛冽的风被高楼戏谑着，于是很快慢下来也温暖起来，没了起初的勇气，混杂了莫名其妙的暧昧的味道，有点熟悉也有点作呕。风却在消亡前，装模作样地呼啸怪叫几声，象征着自己是被迫的，只是命运不济而已。秋季的计算没让你感觉收获的时候，冬天就总是在温暖和寒冷里让你审计自己的富足。

有首歌这么唱："幸福在哪里？朋友我告诉你，它不在柳荫下，也不在温室里。它在辛勤的工作中，它在艰苦的劳动里，啊！幸福就在你晶莹的汗水里！"浪里格朗浪里格朗，七七八八，最后唱，"它在辛勤的耕耘中，它在知识的宝库里。啊！幸福就在你闪光的智慧里。啊！幸福就在你闪光的智慧里，就在你闪光的智慧里！"

幸福是自己眼里别人的生活？还是自己的智慧就能帮着自己，寻找到幸福？

老托说："幸福的家庭都是相似的，不幸的家庭各有各的不幸。"这话说出来石破天惊，思起来倒是只剩了明白。老托必然不幸福，也不知道幸福是何味道，是否值得咀嚼。因为看着别人的生活幸福而相似，回来只有咀嚼自我的生活，点数那些不幸的种种。却忘了，谁都知道幸福纯属自我感觉，那个看起来的相似，谁知道是何方神圣的可比较样本？估摸着最终也都会被"不幸福"标注。

有个什么人念叨过，幸福是最近也是最远的东西，最近是因着你可以明确界定，标准化和目标它，毕竟周遭那么多的看似幸福的人，看似幸福的生活；最远是因着周边那么多可以看得到的幸福生活，你离得越近，模仿得越像，倒越不像你当初的梦想那么美妙，似乎那个真正的幸福永远在不远的未来对你莞尔。那个远在天边却又近在咫尺的感觉，让每一个追求幸福的人辗转反侧，很是不成人样。

要么放弃追求，安然将就一下自己？却偏偏，要么你对未来不抱有希望时，你选择的永远是沉迷过去；要么对现实不满时，你无限渴望未来，将幸福当作一种梦想，而且还是别人的幸福。于是，你在未来与过去心之间游荡，你能感知当下，但永远不能意识当下。你永远不明白，任何的意识和思考都是针对过去的，你拥有的，只剩下被过去的意识强化的未来的心。当你决然抛弃了当下，抛弃了感知，当下永远不曾降临。于是幸福在别人的展示里，不在自己的生活里。

如果成功可以变成一种教程，那幸福无非就是输赢狼性、王侯将相，要么就是曾经沧海低调、舍得、宽容、放下、淡定、佛与上帝。女人就要懂放手、最智慧、会做菜、会美丽的女人最美。再玩点各类心理学、男人女人心理操纵术，如何赚钱和如何存钱都明明白白，对得起自己，也活些对自己狠点的生活，再添加点爱好、玩点收藏、运动休闲、旅游购物。这么幸福的生活，虽然是别人的幸福，也一定要是未来的自己。仰望别人的幸福累到脖颈，无视自己的存在，但也确实也不踏实。

这个世界属于数字，因为数字化的世界平和而可比较。战争远去的时候，人与人的较量与交流，就需要数字的帮忙。你在所有的仰视里和计算里，幸福一定在别人的生活里，一定在别人的当下，别人的家里。

复制谁的幸福都看似幸福，但你却乐此不疲。你让谁替代你幸福，你又如何看起来幸福？幸福在别人家里，那你就像期期艾艾的B角，随时渴望可以代替A角。无限的仰望，无限的期盼，好运来临，B角登场。演得很尽兴，作为演出者和评价者的自己，永远计较着跟

A角的差异，永远不关注自己。掌声永远不可能，因为B角永远是B角。太想成为A角的感觉，恐惧演出真的自己，更怕自己不像A角那般游刃有余，在自我的渴望和对A角的自我比较里，战战兢兢、颤颤巍巍。观众的鼓掌似乎也是给A角的，B角只有暗暗庆幸没有出错，间或些不被认可的悲哀。

幸福到底在哪里？

未来是你的未来，幸福就不那么不真实。当你仰望别人的幸福，你只会因着比别人差的地方而辗转自卑、耿耿于心，从而忘记自己生活里可能的幸福。当你有朝一日在自我的未来里，只是变成别人曾经的过去，你过上了记忆里别人幸福的生活，又何曾有些许的幸福感或是自以为的幸福？谁是你幸福的目标，谁又替代着你幸福？

幸福永远不是个满足感那么简单，倒是如满意度般的纯属自我评价。东方人从来不缺智慧，只是懒得行动。东方哲学，自己就是这个世界，内心有多喜悦，这个世界也就多快乐，幸福怕也如此吧。你总是告诉自己是不幸福的，不知谁还能让你幸福。

满意自己的生活，永远比你人生的目标是什么重要得多。满意自己不是放弃自己的追求或是安于现状，毕竟这个世界总是要你想方设法才能活下去。但知道比较自己的些微进步，敏锐自己的快乐，安静自己的内心，体味点滴的周遭，才有幸福的可能吧。你都不关注自己，自己都不存在了，如何感受幸福？有人活过，有人却因为仰望别人的幸福，而忘记自己需要活着。没有活着的人无权幸福，比照谁家的生活，你都无法真的幸福。**学会幸福着自己，而不是永远在向着幸福奔跑的路上。**满意度是当下的你对自己的评价，不是如产品质量般与谁比较评分。幸福要是智慧的话，智慧只代表真的别忘了自己。

幸福直如这个冬天，雪下了是冬天，不下依然是。只要你不再想着去年冬雪的晶莹，下一个冬天会不会更像冬天，或是某一个城市冬天的很俨然。别人家里的幸福，与你何干？

于是冬天属于你，幸福也属于你。

镜子里、现实里都是化妆过的自己

你选择皈依这个时代，让这个时代塑造你，而不是你塑造你自己。别说你没有信仰，你的信仰就是皈依你战胜不了的事物。你的人生，总是有点先反抗，后恐惧，再享受的味道。于是受虐的变成受虐狂，虐体虐心，甘之若饴。

十月的杭州，桂花如雨，九溪烟笼。

江南繁华地，总是人流如梭，景不似景，人不似人的。倒是这次，有幸在清晨的时候缓缓跑过九溪、满陇。

秋浅的九溪，间或着偶尔一枝一树的红叶，大多数还是沉默安然的绿色。涧水澈静而缓慢，石板路润泽着，蜿蜒地飘着及地的雾气，微凉里的衣衫似乎都有点难挨。满陇的桂花已经老了，清晨里不似午间，或是暮色时的浓郁，只是昨夜的风吹落的满地的星雨。那些花香也有点瑟缩，清冷地香着，偶尔打到自己内心花香的记忆。

慢慢地跑，微微的汗，听得见自己的脚步和些微的喘息。静谧，很远处传来鸟的鸣叫。这个十月秋天的清晨，因着九溪，因着桂雨，于是也就因着某个人，懂得了皈依自己。

皈依自己？

皈依一直是个仪轨的东西，只要有仪轨自然可以流行。佛教的圆融和入世，再加上仪轨周详，变通繁易，现在是大为流行。中国人总是走着两个极端，原先老师说为什么中国人求中庸，"因为中庸总是做不到才求吗"，想来也是一语成金。要么来个密宗的仪轨真言，百辩无碍；要么禅宗顿悟，百无禁忌。

但那些是得道者而言，不得道的芸芸众生，慧根浅薄，还是最好来点皈依的仪式和遵循的仪轨，来几个师父教习经论，这样才是稳妥，"修行以念佛为稳重"嘛，"精进以持戒为第一"嘛。修不到脱了轮回，修不到除孽消障，修不到明心见性，也起码可以修修今生慈悲。于是葱、姜、蒜无缘，一定素食。偶尔还需打打禅七，逢一十五，还要有些供养或是修行，落得个内心安稳，自己对自己倒是慈悲了，倒无所谓日常里如何济物执事，依旧蝇营狗苟、逐利求财。

佛懒得理你是不是皈依他，你皈依了他，他皈依谁去？三皈依，皈依佛、法、僧，还是皈依觉、正、净？佛的法门不是认祖归宗，各划地盘，似乎还是先皈依自己来得天地澄澈吧！

但这个时代遵循自己的内心是个"怂"字，谁愿意显得自己"怂"

呢？于是，"仪轨"一定是要的，不管是信仰还是人生；"师父"是一定要有的，不管是学习还是人生成功学的勾当。这也是个成长需要培训而不是经历的时代，这也是一个创造力当作技巧的时代。于是你总是要相信点什么、皈依些什么，要不没法拿着别人的标准化、流程化规范化你的人生，你自己都惴惴不安，惶惶不可终日。

让你承认自己存在、承认自己和别人不同，比让你打坐冥想还难；让你选择自己比让你考个博士、硕士还难；起个大早赶个晚集，不成功一定是被挖坑陷害或是评委不公，反正你永远是"被迫"成现在的样子。于是你选择皈依这个时代，让这个时代塑造你，而不是你塑造你自己。别说你没有信仰，你的信仰就是皈依你战胜不了的事物。你的人生，总是有点先反抗，后恐惧，再享受的味道。于是受虐的变成受虐狂，虐体虐心，甘之若饴。

百无聊赖，皈依自己呗。不是你皈依了什么你才去做什么，应该是你做了什么然后选择皈依什么吧。来世今生、孽缘魔障、因果明白，你都不知道自己是谁，是否存在，也就仅仅落得个镜花水月而已。拿着皈依谁作为逃避自己的理由，拿着遵循谁给自己的失败找理由、借口，这个无味的人生，味同嚼蜡，无从寄托。

人生永远是个问答题，不是个计算题，你选择的答案决定了你的人生，而不是你计算的结果决定你的生活。合唱团领唱的人总是很少，社会上成功的人总是很少，那谁的成功又能被你复制？皈依不了自己，你永远是个失败者、可怜虫。体悟、心悟、觉悟，想是先须皈依了自我，才有得解脱。

　　担当自己比担当责任难，选择不做别人比做自己难，承认现在的自己都是自己造成的而不是被迫的，似乎更难。镜子里、现实里都是化妆过的自己，看到素颜的自己比别人看到更惊呼、畏惧的时候，连修行的时候都是浓妆艳抹的自己的时候，皈依谁都没戏。佛有八万四千法门，你却偏偏选个跟你无关的去苦行。你又不是谁的师父，没事盯着别人在如何修行，好成为你的评点依据和遵循目标。难道，这个人生最大的老师不该是你自己的经历？最大的修行难道不是你自己的生活，最应该的皈依难道不该是皈依自己？

　　半年前，央着朋友，找师父写了幅"佛不来我不去"。师父会问为什么写这个，朋友于是也问我。我说，佛在不在你不知道，你见了佛知道那是佛，那说明你经历过修行到了，见了佛不知佛，拜了也是瞎拜。你见到佛了，才是你修行到了，没见到去哪里都见不到。爱来的来，爱去的去，于是"佛不来我不去"。

　　于是皈依谁，你都是皈依自己。所谓因果成败，仅此而已。